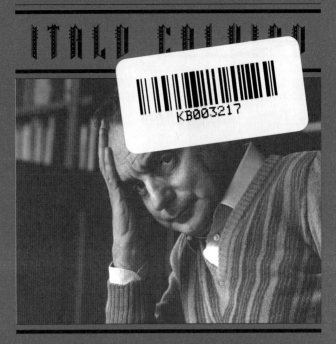

ITALO CALVINO

이탈로 칼비노 1923년 쿠바에서 농학자였던 아버지와 식물학자였던 어머니 사이에서 태어나 어린 시절부터 자연과 가까이하며 자랐다. 토리노 대학교에 입학해 공부하던 중 이탈리아 공산당에 가입해 레지스탕스 활동에 참여했다가, 2차 세계 대전이 끝난 뒤 조셉 콘래드에 관한 논문으로 졸업했다. 1947년 레지스탕스 경험을 토대로 한 네오리얼리즘 소설 『거미집으로 가는 오솔길』을 발표해 주목받기 시작했다. 『반쪼가리 자작』, 『나무 위의 남작』, 『존재하지 않는 기사』로 이루어진 '우리의 선조들' 3부작과 같은 환상과 알레고리를 바탕으로 한 철학적, 사회참여적인 작품, 『우주 만화』같이 과학과 환상을 버무린 작품, 이미지와 텍스트의 상호 관계를 탐구한 『교차된 운명의 성』과 하이퍼텍스트를 소재로 한 『어느 겨울밤 한 여행자가』 같은 실험적인 작품, 일상 가운데 존재하는 공상적인 이야기인 『마르코발도 혹은 도시의 사계절』, 『힘겨운 사랑』 등을 연이어 발표하면서 이탈리아뿐만 아니라 세계 문학계에서 독보적인 위치를 차지하게 되었다. 1972년 후기 대표작인 『보이지 않는 도시들』을 발표해 펠트리넬리 상을 수상했다. 1981년에는 프랑스의 레지옹 도뇌르 훈장을 받았다. 1984년 이탈리아인으로서는 최초로 하버드 대학교의 '찰스 엘리엇 노턴 문학 강좌'를 맡아 달라는 초청을 받았으나 강연 원고를 준비하던 중 뇌일혈로 쓰러져 1985년 이탈리아의 시에나에서 세상을 떠났다.

교차된
운명의 성

교차된
운명의 성

김운찬 옮김

IL CASTELLO DEI
DESTINI INCROCIATI

민음사

ITALO CALVINO

교차된
운명의 성

성(城)

어느 우거진 숲 속 한가운데에서 성 하나가, 여행 중에
밤을 만난 사람, 기사와 귀부인, 왕실의 행렬, 평범한 여행자
들에게 피난처를 제공해 주고 있었다.

나는 삐걱거리는 도개교(跳開橋)를 건너갔다. 어두운 안
뜰에 이르러 말에서 내리니, 말 없는 마부들이 내 말을 건
네받았다. 숨이 찼고 두 다리는 서 있기도 힘들 지경이었다.
숲 속으로 들어선 이후 나에게 일어난 시련, 만남, 유령, 결
투 들이 얼마나 격렬했는지 나는 내 움직임이나 생각을 정
리할 수도 없었다.

나는 계단을 올라, 어느 높다랗고 널찍한 홀로 들어갔
다. 많은 사람이 식탁에 앉아 저녁 식사를 하고 있었고, 촛대
들이 그 주위를 밝히고 있었다. 그들도 분명히 나보다 앞서
그 숲을 지나온 손님들이었다.

주위를 둘러보는데 이상한 느낌이 들었다. 아니, 보다
정확히 말하자면, 두 가지 구별되는 느낌이 피로 탓에 약간
불안정하고 혼란스러운 내 머릿속에서 하나로 뒤섞였다. 우

선 나는 그렇게 외지고 소박한 성에서는 기대할 수 없는 어느 화려한 궁전 안에 있는 듯한 기분을 느꼈다. 단순히 값비싼 가구와 화려하게 장식된 그릇 때문이 아니라, 함께 식사하는 사람들, 모두 멋진 용모에다 세련되고 우아하게 차려입은 사람들 사이에 흐르는 조용함과 편안함 때문이었다. 그러나 동시에, 나는 방만함이라고까지는 할 수 없어도, 무질서와 우연성의 느낌도 감지했다. 마치 영주의 저택이 아니라 서로 모르는 사람들이 하룻밤을 함께 지내게 된 길거리 여관 같은 느낌을 말이다. 그런 강요된 혼잡 속에서 사람들은 자신이 원래 지내던 환경에서보다 규칙이 느슨해지는 것을 느끼고, 약간은 불편한 생활 방식을 받아들이듯, 조금은 더 자유롭고 상이한 행동에 대해 너그러워지는 법이다. 실제로 그 두 가지 대립적인 인상은 성이라는 단 하나의 대상과 관련이 있다고 할 수 있었다. 벌써 오래전부터 사람들이 지나가는 길에 자리한 성이 서서히 여관으로 격이 떨어졌고, 성주(城主)와 그의 부인 역시 여관 주인과 여주인으로 전락했는데도, 여전히 귀족다운 환대의 태도를 반복하고 있는 것일 수도 있었다. 아니면 성 주변에서 종종 볼 수 있듯이, 병사나 기사에게 마실 것을 파는 선술집이 오랫동안 버려져 있던 이 성의 웅장하고 고전미 넘치는 여러 홀 안으로 침범하여 거기에다 기다란 의자와 술통 들을 설치했는데, 주위 환경의 화려함과 고귀한 손님들의 왕래 덕분에 그곳에 예상치 못한 고상함이 부여되었고, 그리하여 선술집 주인과 여주인의 머릿속에 환상이 가득 심어져 결국 자신들이 화려한 궁전의 주인이라고 믿게 된 것일 수도 있었다.

사실대로 말하자면 내가 그런 생각에 휩싸인 것은 아주 잠깐이었다. 그보다는 마침내 안전하고 무사하게, 선택받은 동료들 사이에 있게 되었다는 안도감이 더 컸으며, 또한 다른 여행자들과 말문을 트고 각 사람이 겪은 모험에 대해 이야기를 나누고 싶은 조바심이 더 컸다.(성주 혹은 여관 주인처럼 보이는 사람의 권유하는 듯한 눈짓을 보고 나는 유일하게 남아 있는 빈 자리에 앉았다.) 하지만 여관이나 궁전에서 으레 그러는 것과 달리 이 저녁 식사에서는 아무도 말을 하지 않았다. 손님 중 한 사람이 옆자리 사람에게 소금이나 생강을 건네 달라고 부탁하고 싶을 때에는 손짓을 했고, 마찬가지로 하인들에게 꿩고기 파이 한 조각을 잘라 달라거나, 아니면 포도주 한 잔을 따라 달라고 할 때에도 손을 사용했다.

나는 여독 탓이라 여겨지는 혀의 무력감을 깨뜨리기로 결심했고, 그래서 가령 "맛있게 드세요!" "아, 마침내!" "놀랍군요!" 같은 감탄사를 큰 소리로 외쳐 보려고 했다. 하지만 내 입에서는 아무 소리도 나오지 않았다. 숟가락 부딪치는 소리와 잔과 그릇이 딸그락거리는 소리는 내가 귀머거리가 되지 않았다는 것을 확인해 주기에 충분했다. 그렇다면 벙어리가 되었다고 생각하는 수밖에 없었다. 동료 손님들이 그것을 확인해 주었는데, 그들 역시 기품을 유지하면서도 그러려니 하는 태도로 침묵 속에서 입술을 움직였다. 숲을 지나오는 대가로 우리 모두는 말하는 능력을 상실한 게 틀림없었다.

음식 씹는 소리와 포도주 홀짝거리는 소리가 조성한 결코 유쾌하지 않은 침묵 속에서 식사가 끝났고, 우리는 각자하고 싶은 모험 이야기가 수없이 많은데도 그것을 나눌 수 없다는 사실에 초조함을 느끼면서 서로의 얼굴을 바라보며 앉아 있었다. 그 순간 방금 치운 식탁 위에다 성주처럼 보이는 사람이 카드 한 벌을 올려놓았다. 게임할 때나 집시 여인들이 미래를 예언할 때 쓰는 카드보다 조금 더 큰 타로 카드였으며, 거의 똑같은 그림들이 아주 귀중한 세밀화용 유약으로 그려져 있는 걸 알아볼 수 있었다. '왕', '여왕', '기사', '시종'은 마치 호화로운 축제에라도 가는 양 화려하게 차려입고 있었다. 스물두 장의 '메이저 아르카나[1]'는 궁정 극장의 벽걸이 융단들 같았으며, '성배', '동전', '검', '막대기'[2] 들은 소용돌이 무늬와 장식으로 치장된 문장(紋章) 도안들마냥 눈부시게 빛났다.

우리는 그림이 보이도록 카드를 식탁 위에 펼쳤다. 마치 카드를 식별하는 법, 게임에서 정확한 가치를 부여하거나 아니면 운명을 읽을 경우 진정한 의미를 부여하는 방법을 배우려는 듯이 말이다. 그렇지만 우리 중 게임을 시작할 생각

---

1 Arcana. 라틴어로 '비밀', '신비', '밀의(密意)' 등을 의미하는 아르카눔(arcanum)의 복수 형태이다. 우리나라에서는 대부분 구별 없이 '아르카나'로 표기하는데, 여기에서는 각 개별 카드를 가리킬 경우 단수 '아르카눔'으로 표기한다.

2 소위 마이너 아르카나를 구성하는 네 가지 상징에 대한 우리말 번역은 약간씩 다르다. 여기서는 책의 맥락과 이탈리아어 이름을 고려하여 각각 '성배', '동전', '검', '막대기'로 옮겼다. '막대기'의 경우 약간 어색하지만 '봉(棒)'이라는 한자어보다 나을 것이라고 생각했다.

이 있는 사람은 아무도 없는 것 같았고, 미래를 물어보고 싶어 하는 사람은 더더욱 없는 것 같았다. 모든 미래는 아직 끝나지도 않았고 또한 끝날 것 같지도 않은 여행 속에 정지된 채 텅 빈 것처럼 보였기 때문이다. 그 타로 카드에서 우리가 본 것은 전혀 다른 것이었다. 그것은 바로 그 황금색 모자이크 조각들로부터 한시도 눈을 뗄 수 없게 만드는 그 무엇이었다.

자리에 앉은 손님 중 하나가 흩어진 카드를 자기 쪽으로 끌어당겼고, 식탁의 넓은 부분을 비워 두었다. 하지만 그는 카드를 가지런히 모으지도 않았고 뒤섞지도 않았다. 그저 카드 한 장을 들더니 자기 앞에 놓았을 뿐이다. 우리 모두는 그의 얼굴과 카드 속의 얼굴이 닮았다는 점에 주목했고, 그 카드로 그가 '자기'를 의미하고자 했으며, 자신의 이야기를 하려고 준비한다는 것을 이해할 것 같았다.

배은망덕한 자가 벌을 받은 이야기

'성배의 기사' 그림(발그스레한 금발의 젊은이가 태양의 빛살 모양 자수가 퍼져 나가는 망토를 과시하면서, 손을 뻗어 동방 박사들처럼 선물을 내밀고 있다.)으로 자신을 소개한 그 손님은 아마도 우리에게 자신의 부유한 신분, 사치와 방탕의 성향, 그리고 말을 타고 있는 모습이 표상하는 모험 정신에 대해 말하고 싶었던 모양이다. 말의 안장 위까지 장식한 자수를 모두 관찰하면서 내가 판단한 바로는, 그의 모험 정신은 진정한 기사의 소명 의식보다는 화려하게 보이고 싶은 욕망에서 비롯된 것 같았다.

그 멋진 젊은이는 우리 모두의 관심을 끌고 싶어 하는 듯한 몸짓으로 식탁 위에 세 장의 카드, 즉 '동전의 왕', '동전 10', '막대기 9'를 나란히 늘어놓으면서 말없이 이야기를 시작했다. 세 장의 카드 중 첫 번째 카드를 놓으면서 보여 준 슬픈 표정과 그다음 카드를 내놓으면서 보여 준 즐거운 표정은, 자기 아버지가 사망하면서('동전의 왕'은 다른 사람들보다 약간 더 나이가 많고 또한 편안하고 풍족한 태도를 지닌 인물을 상징

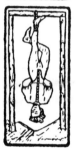

했다.) 그가 상당한 유산을 소유하게 되었으며, 곧바로 여행을 떠났다는 것을 의미하는 듯했다. 이 마지막 명제는 '막대기 9' 카드를 내던지는 팔의 움직임에서 추론한 것인데, 그 카드에는 야생 꽃과 잎사귀가 덜 우거진 곳으로 뻗어 나간 나뭇가지들이 뒤엉켜 있어 방금 전 우리가 지나온 숲을 연상시켰다.(사실 좀 더 예리한 눈으로 그 카드를 살펴보는 사람에게, 사선으로 늘어선 다른 나뭇가지들을 가로지르는 수직의 선은 바로 빽빽하게 우거진 숲 속을 관통하는 길을 암시했다.)

그러니까 이야기는 이렇게 시작될 수 있다. 그 기사는 가장 화려한 궁정에서 자신을 돋보이게 할 수 있는 수단을 손에 넣은 걸 깨닫자, 곧바로 금화가 가득 든 주머니를 갖고 서둘러 길을 떠났고, 주변에서 가장 유명한 성들을 방문하면서 아마도 신분이 높은 신부를 찾고자 했던 것 같다. 그리고 그런 꿈을 품고 숲 속으로 들어섰다.

한 줄로 늘어선 이 카드들에다 그는 다른 카드를 덧붙였는데, 분명히 좋지 않은 만남을 예고하는 카드인 '힘'이었다. 우리의 타로 카드에서 이 아르카눔은 무기를 든 야만인으로 표현되었다. 그의 험악한 표정, 허공에 쳐든 곤봉, 마치 토끼를 다루듯, 단 한 방으로 사자를 땅바닥에 때려눕히는 폭력성으로 보아, 잔인한 의도를 지닌 자가 틀림없었다. 이야기의 내용은 분명했다. 숲 속 한가운데에서 기사는 잔인한 산적에게 매복 기습을 당했던 것이다. 더욱 슬픈 예상은 그다음에 나온 카드에 의해 확인되었는데, 그것은 '매달린 사람'으로 일컫는 제12번 아르카눔으로, 바지와 셔츠를 입은 남자

가 머리를 아래로 한 채 묶여 한쪽 다리로 매달려 있는 모습
이었다. 우리는 그 매달린 사람이 우리의 금발 젊은이임을
알아보았다. 산적이 그의 소지품을 모두 빼앗은 다음 머리
를 아래로 하여 나뭇가지에 대롱대롱 매달았던 것이다.

　우리는 우리와 함께한 이 손님이 감사의 표정과 함께 식
탁 위에 올려놓은 아르카눔 '절제'가 전해 주는 소식에 안
도의 한숨을 내쉬었다. 그 카드를 보며 우리는 거꾸로 매달
린 사람이 다가오는 발소리를 들었고, 거꾸로 뒤집힌 채로
한 아가씨를 보았다는 것을 알 수 있었다. 나무꾼이나 염소
지기의 딸로 보이는 그 아가씨는 분명히 샘물에서 돌아오는
듯 물 항아리 두 개를 들고, 장딴지를 드러낸 채 풀밭 위를
걸어오고 있었다. 거꾸로 매달려 있던 남자가 그 순진한 숲
의 딸에게서 도움을 받아 풀려나, 원래의 자연스러운 자세
를 되찾은 것은 당연한 일이었다. 이윽고 꽃핀 이끼와 파닥
이는 날개 들 속에서 흘러내리는 샘물이 그려진 '성배의 에
이스'가 놓였다. 그 순간 우리는 샘물이 졸졸거리는 소리와
벌컥벌컥 갈증을 푸는 남자의 숨소리를 가까이에서 듣는 듯
한 느낌을 받았다.

　하지만(우리 중 누군가는 분명히 생각했을 것이다.) 어떤 샘
은 갈증을 덜어 주는 것이 아니라 마시는 순간 갈증을 더하
기도 한다. 그 두 젊은 남녀 사이에는 (기사가 자신의 어지럼증
을 극복하자마자) 한 사람에 의한 감사와 다른 사람에 의한 연
민을 넘어서는 감정이 불붙었을 것이며, 또한 그 감정은 곧
바로 (숲 속의 그늘이라는 공모자와 함께) 풀밭 위의 포옹으로

표현되었으리라는 것을 쉽게 예상할 수 있었다. 다음에 나온 카드가 '내 사랑(amor mio)'이라는 글귀로 장식되고 물망초 꽃들이 피어 있는 '성배 2'였던 것은 결코 우연이 아니다. 그것은 사랑의 만남을 말해 주고 있었다.

우리는 벌써 감미롭게 진행되는 사랑 이야기를 즐길 준비를 하고 있었다.(특히 함께 있는 귀부인들이 더 그랬다.) 그런데 기사는 다른 카드 '막대기 7'을 내려놓았고, 거기에서는 숲의 어두운 나무들 사이로 그의 희미한 그림자가 멀어지는 모습이 보이는 듯했다. 오해할 것도 없이 상황이 다른 방향으로 흘렀던 것이다. 숲 속의 목가(牧歌)는 짧았구나, 가엾은 처녀여! 풀밭에서 꺾인 꽃은 땅바닥에 떨어졌고, 배은망덕한 기사는 그녀에게 작별 인사도 없이 몸을 돌렸구나!

이야기의 2부가 시작되는 것은 이 시점에서 어느 정도의 시간이 흐른 뒤가 틀림없었다. 실제로 이야기꾼은 처음의 줄과 나란히 하여 그 왼쪽 새로운 줄에다 타로 카드를 늘어놓기 시작했고, 두 개의 카드, '여황제'와 '성배 8'을 놓았다. 갑작스러운 장면 변화에 우리는 잠시 당황했다. 하지만 우리 모두에게 곧바로 해결책이 제시되었는데, 그 기사는 자기가 찾던 대로 부유하고 신분이 높은 신부를 마침내 찾았던 것이다. 카드에 묘사되어 있듯이, 그녀는 머리에 왕관을 쓰고 가문의 방패를 들고 있었으며, 무표정한 얼굴에다(그리고 우리 중 비아냥거리기를 좋아하는 사람들이 분명히 주목한 것처럼, 그보다 약간 더 나이가 많아 보이는 얼굴에다) 마치 "나와 결혼해요, 나와 결혼해요." 하고 말하는 듯, 서로 연결된 고리들이 수놓아진 옷을 입고 있었다. 그 청은 곧바로 받아들여졌다. 만약 '성배'의 카드가, 초대받은 손님들이 두 줄로 늘어서서 꽃무늬 식탁보가 깔린 식탁 끝에 있는 신랑과 신부에게 건배를 외치는 결혼식 피로연을 암시한다면 말이다.

그다음에 놓인 카드 '검의 기사'는 전쟁 복장으로 등장함으로써 예기치 않은 사건을 암시했다. 말을 탄 전령이 불길한 소식을 갖고 결혼식 피로연장으로 난입했거나, 신랑이 직접 신비로운 부름을 받고 무장한 모습으로 피로연장을 떠나 숲으로 달려갔거나, 아니면 그 두 가지 사건이 동시에 일어난 듯했다. 신랑은 뭔가 예상치 못한 출현을 감지하고는 곧바로 무기를 들고 말 안장 위에 올라탔을 것이다.(과거의 경험으로 현명함을 얻은 그는 완벽하게 무장한 다음이 아니면 집 밖으로 코도 내밀지 않았다.)

우리는 상황을 좀 더 잘 설명해 줄 다른 카드를 초조하게 기다렸고, 드디어 '태양'이 등장했다. 화가는 낮의 항성이 어느 어린이, 즉 방대하고 다채로운 풍경 위로 달려가는, 아니 날아가는 어린이의 손에 들린 것으로 묘사했다. 이야기의 이 대목은 해석하기가 쉽지 않았다. 그것은 단순하게 '햇살이 비치는 어느 멋진 하루'를 의미할 수 있었으며, 그 경우 우리의 이야기꾼은 비본질적인 세부 묘사에 카드를 낭비하는 셈이었다. 차라리 이 그림의 우의적(寓意的) 의미보다 보여지는 그대로의 의미를 곱씹는 편이 나을 것 같았다. 그러니까 반쯤 벌거벗은 어린이가 결혼식이 거행되던 성 근처에서 달려갔고, 바로 그 장난꾸러기를 뒤쫓기 위해 신랑이 피로연

장을 떠났던 것이다.

하지만 어린이가 옮기고 있는 대상을 간과하지 말아야 했다. 빛살을 뿜어내는 그 머리에 수수께끼에 대한 해결책이 담겨 있을 수도 있었다. 우리의 영웅이 맨 처음 자기 자신을 소개했던 카드로 다시 시선을 옮긴 우리는, 그가 산적에게 공격당할 때 입고 있던 망토 위의 빛살 모양 장식 또는 자수를 다시 떠올렸다. 아마도 기사는 자기가 잊고 있던 그 망토가 짧은 순간 사랑의 풀밭이었던 그곳에서 지금 연(鳶)처럼 펄럭이는 것을 보았고, 그래서 장난꾸러기 아이를 뒤쫓기 시작했을 것이다. 아니면 망토가 어쩌다 그 자리에 있게 되었는지, 말하자면 망토와 어린이, 숲 속의 처녀 사이에 어떤 관계가 있는지 알고 싶은 호기심 때문이었는지도 모른다.

우리는 그런 의문이 다음 카드에 의해 밝혀지기를 원했다. 그리고 그 카드가 '정의'임을 보았을 때, 우리는 그 아르카눔 안에 우리의 이야기에서 가장 강렬한 모험이 채워져 있음을 확신했다. 그 아르카눔은 일반적인 타로 카드처럼 칼과 저울을 들고 있는 여인만 보여 준 것이 아니라, 그 배경에(아니면 어떻게 바라보느냐에 따라, 주요 그림 위에 있는 반달 모양 위에) 무장한 채 말을 탄 전사(또는 아마조네스[3] 여인?)가 공격하고 있는 모습도 보여 주었다. 우리로서는 몇 가지 추측을 해 보는 수밖에 없었다. 예를 들어 연을 든 장난꾸러기를

---

3 그리스 신화에 나오는 여성 무사족. 호전적이고 전투 능력이 뛰어난 것으로 묘사된다.

막 붙잡으려는 순간 추격자는 완벽하게 무장한 다른 기사가 자기 앞을 가로막는 것을 보았을 수도 있다.

그들은 서로 어떤 말을 나누었을까? 처음 시작은 이랬을 것이다. "거기 누구냐!"

그리고 미지의 기사는 자기 얼굴을 드러냈는데, 바로 여인의 얼굴이었고, 그 얼굴에서 우리의 동료 손님은 숲 속에서 자기를 구해 준 처녀, 입술 위로 희미하게 드러나는 우울한 미소와 함께 보다 충만하고 단호하고 평온한 그녀의 모습을 알아보았을 것이다.

"내게 원하는 것이 뭐냐?" 그는 그녀에게 이렇게 말했을 것이다.

"정의다!" 아마조네스 여인이 대답했다.(저울은 바로 그런 대답을 암시했다.)

아니, 잘 생각해 보면, 그 만남은 이런 식으로 전개되었을 수도 있다. 말을 탄 아마조네스 여인이 숲에서 돌진해 나와(배경 또는 반월 모양 위의 그림) 그에게 외쳤다. "거기 멈춰라! 네가 뒤쫓고 있는 아이가 누군지 아느냐?"

"대체 누구냐?"

"네 아들이다!" 여전사가 자기 얼굴을 드러내면서 말했다.(전면의 그림)

"내가 어떻게 하면 되겠느냐?" 우리의 동료 손님은 갑작스럽고도 때늦은 후회에 사로잡혀 물었을 것이다.

"하느님의 심판을 받아라!('저울') 자, 막아라!" 그리고 그에게 칼을 휘둘렀다.('검')

'이제 결투에 대해 이야기하겠지.' 나는 생각했다. 실제로 그 순간 내던져진 카드는 쩽그렁거리며 맞부딪치는 '검 2'였다. 숲 속 나뭇잎들이 잘린 채 흩날렸고, 넝쿨 식물들은 칼날에 휘감겼다. 하지만 그 카드를 바라보는 이야기꾼의 슬픈 시선으로 보아 결과는 자명했다. 상대 여인은 노련한 여전사였고, 이번에는 그가 피를 흘리며 풀밭 한가운데에 누워 있게 되었다.

그는 정신을 차리고 눈을 떴다. 그리고 무엇을 보았던가?(이야기꾼의 무언극, 사실대로 말하자면 약간 과장된 무언극은, 우리에게 일종의 계시와도 같은 다음 카드를 기다리도록 만들었다.) '여교황', 바로 왕관을 쓰고 있는 신비로운 여사제의 모습이었다. 그가 어느 수녀에게서 도움을 받았던 걸까? 카드를 응시하는 그의 눈에는 공포가 가득했다. 마녀일까? 그는 경외의 몸짓으로 탄원하듯이 두 손을 위로 올렸다. 살육을 동반하는 비밀 의식의 고위 여사제일까?

"넌 알아야 해. 너는 그 처녀의 몸을 통해 모독했어."(여교황이 다른 어떤 말로 그에게 그런 공포의 표정을 유발할 수 있었겠는가?) "너는 키벨레[4]를, 이 숲이 신성하게 섬기는 여신을 모독했어. 이제 너는 우리의 손에 붙잡혔다."

더듬거리면서 애원하는 것 외에 그가 뭐라고 대답할 수 있었겠는가? "속죄하겠습니다. 용서하십시오, 제발……."

"이제 숲이 너를 가질 것이다. 숲은 자기 상실이며, 뒤섞

---

4 그리스 신화에서 프리기아의 위대한 여신을 가리키며, 신들의 어머니 또는 위대한 어머니로 지칭되기도 한다.

임이지. 우리와 결합되기 위해 너는 사라져야 하고 자신의
속성들을 찢어 버려야 하고 사지를 잘라야 하고 구별되지
않는 존재로 변해야 하고 큰 소리로 외치면서 숲을 달리는
마이나데스[5]의 무리 속으로 들어와야 해."

　"안 돼!" 우리는 벙어리가 된 그의 목에서 그런 외침이
나오는 것을 보았다. 하지만 마지막 카드 '검 8'이 이야기를
완성시켰다. 키벨레를 추종하는 산발한 여인들의 날카로운
칼날이 그에게 들이닥쳐 그를 갈가리 찢어 버린 것이다.

5　그리스 신화에서 포도주의 신 디오니소스(로마 신화의 바쿠스)를 뒤따르는
신들린 여자들을 가리킨다.

영혼을 판 연금술사의 이야기

　　이야기의 감동이 다 가시기도 전에 그 자리에 있던 손님 중 다른 사람이 자기 이야기를 하고 싶다는 신호를 보내왔다. 특히 기사가 들려준 이야기의 한 구절, 아니 정확하게 말하자면 두 줄로 늘어선 여러 카드 중 우연한 한 쌍, 즉 '성배의 에이스'와 '여교황'이 그의 관심을 끌었던 모양이다. 자기가 개인적으로 그 카드 쌍과 관련이 있다고 느꼈음을 암시하기 위해, 그는 그 두 카드와 같은 높이의 오른쪽에다 '성배의 왕' 그림을 놓았고(그것은 매우 젊고, 또한 사실대로 말하자면 지나칠 정도로 유혹적인 그의 모습이라고 할 수 있었다.) 왼쪽에도 계속 수평을 맞추어 '막대기 8'을 놓았다.

　　이 카드 배열이 머릿속에 불러온 첫 번째 해석은, 만약 계속해서 샘물에 관능적인 분위기를 부여할 경우, 그 동료 손님이 숲 속에서 어느 수녀와 사랑의 관계를 가졌으리라는 것이었다. 아니면 그가 수녀에게 마실 것을 풍부하게 제공했을 수도 있다. 잘 살펴보면 그 샘은 포도 압착기 꼭대기의 자그마한 통에서 발원되는 것처럼 보였기 때문이다. 하지만 그것을 응시하는 젊은이의 우울한 표정은, 육체적인 욕구뿐 아니라 음식과 포도주에 대한 아주 사소한 욕구조차도 배제해야 하는 관조 속에 몰입되어 있는 것처럼 보였다. 그는 깊은 명상에 빠져 있는 게 분명했다. 하지만 세속적인 외관으로 보아 그의 명상은 틀림없이 '하늘'이 아니라 '땅'을 지향하고 있었다.(그렇다면 그 샘물을 성수로 해석할 가능성이 배제된다.)

내 머릿속에 떠오른(그리고 단지 나뿐 아니라 다른 말 없는 관객들도 마찬가지였을 것이다.) 보다 개연적인 가설은, 그 카드가 '생명의 샘', 그러니까 연금술사가 찾는 최고의 목표를 표현한다는 것이었다. 그리고 우리의 동료 손님은 증류기와 나선형 관, 플라스크, 도가니, 화덕, 농축기를 응시하면서(왕실 의상을 입은 그의 모습이 손에 받쳐 들고 있는 복잡한 용기처럼) 자연으로부터 그 내밀한 비밀, 특히 금속의 변환 비밀을 훔치려고 노력하는 바로 그런 현자 중 한 사람이라는 것이었다.

그러니까 아주 젊은 시절부터(청년의 용모를 갖춘 모습이 그것을 의미했다. 그렇지만 그것은 동시에 영생불사의 명약을 암시할 수도 있었다.) 그는 원소들을 조작하는 일에만 열정을 쏟아부었으며(샘물은 여전히 사랑의 상징으로 남아 있었다.) 유황과 수은의 혼합물에서 광물 세계의 노란색 왕[6]이 분리되어 나와 천천히 불투명한 용기 안으로 떨어지는 것을 보려고 오랜 세월을 기다렸다. 하지만 매번 나오는 것은 값싼 납 찌꺼기

---

6 황금을 가리킨다.

나 푸르스름한 찌꺼기 침전물뿐이었다. 그리고 그런 탐색 과정에서 그는 이따금 숲 속에서 만나는 여자들, 그러니까 마법의 혼합물과 묘약에 훤하고, 미래의 예언과 마법 주문 기술에 전념하는 여자들(그가 미신적인 존경심과 함께 가리킨 '여교황'과 같은 여자들)에게 도움과 충고를 구하기도 했다.

그다음에 나온 카드 '황제'는 바로 "당신은 세상에서 가장 힘 있는 사람이 될 것이오."라는 숲 속 마법사 여인의 예언을 가리킬 수도 있었다.

우리의 연금술사가 기대감에 넘쳐 자기 삶의 과정에 특별한 변화가 일어나기를 기다린 것은 당연한 일이었다. 그리고 다음 카드에는 그와 관련된 사건이 표시되어야 했다. 그것은 바로 수수께끼 같은 제1번 아르카눔 '마술사'였는데, 어떤 사람은 그것을 속임수를 실행 중인 협잡꾼이나 마법사로 보기도 한다.

말하자면 작업 탁자에서 눈을 든 우리의 영웅은 자기 앞에 한 마법사가 앉아 있는 것을 보았다. 마법사는 자신의 증류기와 도가니를 조작하고 있었다.

"당신은 누구요? 여기서 무엇을 하고 있소?"

"내가 하는 것을 잘 보시오." 마법사는 화덕 위에 올려놓은 유리 플라스크를 가리키며 말했다.

동료 손님이 그 옆에다 '동전 7'을 던지면서 보여 준 황홀한 시선은 그가 본 것을 분명하게 말해 주었다. 동방의 모든 광산이 그의 눈앞에 활짝 열린 채 광채를 발했던 것이다.

"황금의 비밀을 나에게 줄 수 있소?" 그는 협잡꾼에게 물었을 것이다.

그다음 카드는 '동전 2', 말하자면 교환, 사고팔기, 물물교환의 표식이었다.(나는 그렇게 생각했다.)

"당신에게 팔겠소!" 미지의 방문객은 그렇게 대답했다.

"그 대가로 무엇을 원하시오?"

우리는 모두 "영혼!"이라는 답을 예상했다. 그렇지만 이야기꾼이 새로운 카드를 내놓기 전까지는 확신할 수 없었다.(그리고 그는 카드를 내놓기 전에 잠시 머뭇거리더니, 반대 방향의 또 다른 줄에다 카드들을 배치하기 시작했다.) 그가 내놓은 카드는 '악마'였다. 말하자면 그는 협잡꾼이 바로 모든 뒤섞음과 모호함의 늙은 군주라는 것을 알아보았던 것이다.(이제 우리가 이 손님이 파우스트[7] 박사라는 것을 알아본 것처럼.)

"당신의 영혼을 주시오!" 그러니까 메피스토펠레스는 그렇게 대답했다. 그 개념은 프시케[8]의 모습, 즉 아르카눔 '별'에서 볼 수 있는 것처럼, 자신의 빛으로 어둠을 밝혀 주는 젊은 여인을 통해서만 표현될 수 있었다. 그다음에 제시된 '성배 5'는 '악마'가 파우스트에게 보여 준 연금술의 비밀 또는 계약을 마무리하기 위한 축배로 해석될 수 있었다. 또는 땡그랑거리는 울림으로 지옥의 방문자를 쫓아내는 종(鐘)들로 해석될 수도 있었다. 하지만 우리는 그것을 영혼에 관한, 그

---

7 Faust. 독일의 오래된 전설에서 놀라운 지식을 얻는 대가로 악마 메피스토펠레스에게 영혼을 넘겨준 인물로 묘사된다. 그에 대한 전설은 괴테를 비롯한 많은 작가들의 작품 소재가 되었다.

8 '영혼'을 뜻하며 그리스 신화에 나오는 프시케는 에로스와의 사랑 이야기로 널리 알려져 있다.

리고 영혼의 그릇으로서의 육체에 관한 논의로 이해할 수도 있었다.(다섯 개의 성배 중 하나는 마치 비어 있는 것처럼 옆으로 누워 있는 모양으로 그려져 있었다.)

"내 영혼을요?" 우리의 파우스트는 그렇게 물었을 것이다. "그런데 만약 내게 영혼이 없다면?"

그러나 메피스토펠레스가 한 개인의 영혼을 갖기 위해 온 것은 아니었을 것이다. "당신은 그 황금으로 도시를 하나 세우시오. 내가 대가로 원하는 것은 그 도시 전체의 영혼이오." 그는 파우스트에게 말했다.

"계약합시다."

그리고 악마는 늑대의 울부짖음 같은 차가운 웃음을 흘리며 사라졌다. 오랫동안 종탑에 살면서 빗물 홈통 위에 쭈그리고 앉아 끝없이 펼쳐진 지붕을 관조하곤 하던 악마는 알고 있었던 것이다. 도시에는 한꺼번에 모아 놓은 모든 주민의 영혼보다 더 풍요롭고 지속적인 영혼들이 있다는 것을.

이제 모든 타로 카드에서 가장 복잡한 이미지 중 하나인 '운명[9]의 수레바퀴'를 해석할 차례였다. 이 카드는 단순히 행운이 파우스트의 편으로 기울었음을 의미할 수도 있었다. 하지만 언제나 함축적이고 암시적인 연금술사의 이야기 방식에 비추어 볼 때 그것은 지나치게 명료한 설명인 듯 보였다. 그보다는 오히려 우리의 파우스트 박사가 악마의 비밀

---

9 로마 신화에 나오는 포르투나(Fortuna)를 가리킨다. 이 용어는 '행운'으로 번역하는 것이 보다 정확하다고 생각하지만, 특히 '수레바퀴'의 이미지와 관련될 경우 관례에 따라 '운명'으로 번역했다.

을 소유한 다음 그야말로 엄청난 계획, 즉 바꿀 수 있는 모
든 것을 황금으로 바꾸려는 계획을 세웠다고 가정하는 게
타당했다. 그렇다면 제10번 아르카눔의 수레바퀴는 문자 그
대로 '거대한 황금 제작소', 그러니까 '모든 것이 귀금속으로
이루어진 메트로폴리스'를 세우게 될 거대한 기계 장치 속에
서 작동 중인 톱니바퀴들을 상징할 것이다. 그리고 수레바
퀴를 밀고 있거나 또는 수레바퀴와 함께 돌아가고 있는 것
처럼 보이는 다양한 연령대의 인간 형상들은, 바로 그 계획
을 돕기 위해 달려가서 밤낮으로 그 톱니바퀴들이 돌아가도
록 만드는 일에 자기 삶의 세월을 바치고 있는 엄청난 무리
를 가리켰다. 그런 해석에 그 세밀화의 세부 사항(예를 들면
회전하는 인간 존재들 중 일부를 장식하는 동물의 귀와 꼬리)이 모
두 고려된 것은 아니지만, 이어지는 성배와 동전의 카드들을
'황금 도시'의 주민들이 헤엄치는 '풍요의 왕국'으로 해석하
는 데 토대를 제공했다.(줄지어 늘어선 노란색 원들은 아마도 메
트로폴리스의 길가에 길게 늘어선 황금 마천루의 번쩍거리는 돔을
연상시켰을 것이다.)

　하지만 '발굽 갈라진[10] 계약자'는 계약된 대가를 언제
인출할 것인가? 이야기의 마지막 카드 두 장은 식탁 위에 있
었는데, 바로 첫 번째 이야기꾼에 의해 배치된 '검 2'와 '절
제'였다. '황금 도시'의 각 성문에는 무장한 수비대들이 들어
오려 하는 사람을 모두 막고 있었다. 바로 어떤 모습을 하고

---

10 악마는 발굽이 갈라져 있다는 속설에서 이런 표현이 나왔다.

나타날지 모르는 '발굽 갈라진 수금원'의 접근을 차단하기 위해서였다. 마지막 카드 속의 여인처럼 평범한 아가씨가 접근해도 수비대는 멈추라고 명령했다.

"아무리 성문을 닫아도 소용없어요." 물 항아리를 든 아가씨에게서 들을 수 있는 대답은 이랬다. "나는 완전히 단단한 금속으로 만들어진 '도시' 안에 들어가지 않으려고 주의하지요. 액체의 주민인 우리는 흘러가고 뒤섞이는 원소만을 방문한답니다."

그녀는 물의 님프였을까? 공기 요정의 여왕이었을까? '대지'의 중심에 있는 액체 불의 천사였을까?

(잘 살펴보면, '운명의 수레바퀴'에서 짐승으로의 변신은, 인간이 식물로 그리고 광물로 퇴행하는 과정의 첫걸음이었을 수도 있다.)

"당신은 우리의 영혼이 '악마'의 손에 떨어질까 두려운 거요?" '도시'의 주민들은 아마 이렇게 물었을 것이다.

"아니요. 당신들에겐 그에게 줄 영혼이 없는걸요."

저주받은 신부의 이야기

우리 중 그 모든 성배와 동전의 카드(이러한 카드들은 사실을 명백하게 설명해 줄 그림이 나오기를 우리가 열망하는 순간에 튀어나왔다.) 한가운데에서 길을 잃지 않고, 어떤 방식으로든 그 이야기를 해독하는 데 성공한 사람이 몇이나 되는지 모르겠다. 그 이야기꾼의 소통 능력은 형편없었는데, 아마도 그의 재능이 이미지의 명백함보다 관념의 엄정함에 더 기울어져 있었기 때문이리라. 어쨌든 우리 중 몇 사람은 정신을 딴 데 팔거나, 카드의 일부 배열에만 관심을 두느라 더 이상 앞으로 나아가지 못했다.

예를 들어 우리 중에 있던 우울한 눈빛의 기사는 자신과 많이 닮은 '검의 시종'과 '막대기 6'을 만지작거리기 시작하더니, 그 카드들을 '동전 7'과 '별' 아래에 놓았는데, 마치 자기 나름대로 수직의 줄을 위로 늘어놓으려는 것 같았다.

숲 속에서 길을 잃은 병사였던 그에게 '별'보다 앞에 있는 카드들은 아마도 이런 의미였을 것이다. 도깨비불처럼 반짝거리는 빛이 그를 나무 사이의 빈터로 이끌었고, 거기에서

별빛처럼 창백한 젊은 아가씨가 나타났다. 그런데 그녀는 그 밤에 가벼운 옷차림으로 머리카락을 풀어헤친 채 불을 켠 밀랍을 높이 쳐들고 돌아다녔다.

어쨌든 그는 무표정한 얼굴로 자신이 만든 수직 줄에 계속해서 두 장의 '검' 카드, 그러니까 '7'과 '여왕'을 내놓았다. 그 자체로는 해석하기 어려운 배치였다. 아마 다음과 같은 몇 마디 대화를 덧붙여야 하리라.

"고귀한 기사님, 부탁합니다, 당신의 무기와 갑옷을 벗어 내가 입게 해 주세요!"(세밀화 그림에서 '검의 여왕'은 손 가리개, 팔 덮개, 팔꿈치 보호대까지 갖춘 완벽한 갑옷을 입고 있었는데, 그것은 자수 놓인 새하얀 비단 소매 사이로 마치 철제 속옷처럼 드러났다.) "나는 혼란스러운 상태에서 한 남자와 약혼했는데, 지금은 그 사람과의 포옹이 끔찍하기만 해요. 하지만 그는 오늘 밤에 와서 내게 약속을 지키라고 요구할 거예요! 지금 그가 다가오는 게 느껴져요! 내가 무장하고 있으면 날 껴안지 못하겠죠! 아, 괴로움에 빠진 소녀를 구해 주세요!"

물론 기사는 곧바로 동의했다. 갑옷을 입자 초라하던 그 아가씨는 당당하고 의기양양한 무술 대회의 여왕으로 변신했다. 관능적이고 기쁨에 찬 미소가 창백한 얼굴을 물들였다.

그런데 여기서 또다시 한 무리의 카드가 놓이기 시작했는데, 그 안에서는 방향을 제대로 잡는 것이 문제였다. 바로 '막대기 2'(어떤 갈림길, 선택의 표시일까?), '동전 8'(숨겨진 보물?), '성배 6'(사랑의 연회?)이었다.

"당신의 친절함을 무엇으로 갚아야 할까요." 숲 속의 여인은 분명히 이렇게 말했을 것이다. "원하는 걸 선택하세요. 나는 당신에게 재산을 줄 수도 있고, 아니면……."

"아니면?"

"……나를 줄 수도 있어요."

기사의 손은 성배의 카드를 두드렸다. 그러니까 사랑을 선택한 것이다.

이야기의 다음 부분은 우리의 상상에 맡겨졌다. 그러니까 그는 벌써 벌거벗었고, 그녀는 방금 전에 입은 갑옷의 끈을 풀었으며, 청동 갑옷미늘 사이로 우리의 영웅은 둥글고 부드러우면서도 팽팽한 젖가슴을 쓰다듬었고, 쇠로 된 허벅지 가리개와 따스한 허벅지 사이로 미끄러져 들어갔다…….

내성적이고 수줍어하는 성격의 그 병사는 세부적인 부분까지는 묘사하지 않았다. 그가 우리에게 말해 줄 수 있는 것은 '성배' 카드 옆에 황금색 '동전' 카드를 놓는 게 전부였다. 그의 꿈꾸는 듯한 얼굴은 이렇게 외치는 듯 보였다. "마치 천국에 들어가는 것 같은 기분이었어요……."

그다음에 내려놓은 그림은 천국의 문턱이라는 이미지를 확인해 주는 동시에 관능적인 몰입을 돌연 중단시켰다. 카드 속에는 새하얀 수염에 근엄한 표정의 '교황'이 있었는데, 지금은 '천국의 문'을 지키고 있는 최초의 교황 같았다.

"누가 천국에 대해 말하느냐?" 하늘 한가운데 숲 위의 높은 곳에서 옥좌에 앉아 있는 성 베드로가 나타났다. "그녀에게는 우리의 문이 영원히 닫혀 있도다!"

우리의 이야기꾼이 새로운 카드를 내려놓는 태도, 그

러니까 빠른 동작이지만 카드를 감추면서 다른 손으로 자기 눈을 가리는 태도에서 우리는 하나의 계시를 예상했다. 아마도 이런 내용이었을 것이다. 위협적인 천국의 입구로부터 시선을 낮추어, 자신을 안고 누워 있던 여인을 바라본 그는, 갑옷의 목가리개 위로, 사랑에 빠진 암비둘기의 얼굴이나 도발적인 보조개, 위로 약간 쳐들린 자그마한 코가 아니라, 입술도 잇몸도 없이 드러난 이빨, 뼈 속으로 뚫린 두 개의 콧구멍, 해골의 누런 광대뼈를 보게 되었으며, 자신의 사지 역시 어느 시체의 뻣뻣하게 말라비틀어진 사지와 뒤섞여 있음을 느꼈다.

제13번 아르카눔(고유의 이름이 적힌 어떤 카드에도 '죽음'이라는 글귀는 나타나지 않는다.)의 소름 끼치는 출현은 우리 모두에게 이야기의 나머지 부분을 알고 싶어 안달하도록 만들었다. 뒤이어 나타난 '검 10'은 저주받은 영혼이 천국으로 접근하는 것을 막는 대천사들의 방벽이었을까? '막대기 5'는 숲 속을 가로지르는 오솔길을 예고했을까?

그 순간 카드들의 줄은 앞의 이야기꾼이 이미 그 지점에 놓아둔 '악마'와 다시 연결되었다.

카드가 의미하는 바를 이해하기 위해 오래도록 머리를 쥐어짤 필요는 없었다. 죽은 신부가 그토록 두려워하던 약혼자가 숲 속에서 나왔는데, 바로 바알세불[11] 자신이었던 것이

---

11 악마 또는 마귀들의 우두머리를 가리킨다. 「마태오복음서」(『새번역성경』, 한국 천주교 주교회의, 2005) 12장 24절에서는 '마귀 우두머리 베엘제불'이라 부른다.

다. 그는 이렇게 외쳤다. "내 아름다운 여인이여, 네가 뒤섞으려던 카드가 이렇게 끝났구나! 나에게는 네 모든 무기와 갑옷('검 4')이 두 푼('동전 2')의 가치도 없으니!" 그러고는 그녀를 끌고 곧장 지하 세계로 들어갔다.

무덤 도굴꾼의 이야기

내 등의 식은땀이 다 마르기도 전에 나는 벌써 다른 손님의 이야기를 따라가야 했다. 그에게는 네 장의 카드 '죽음', '교황', '동전 8', '막대기 2'가 다른 기억을 일깨워 주는 것 같았다. 마치 어느 쪽에서 안으로 들어가야 할지 모르겠다는 듯 머리를 비스듬히 기울이면서 주위에 있는 우리를 둘러보는 시선으로 판단해 볼 때 그랬다. 그 가장자리에다 '동전의 시종', 그러니까 그의 도발적이고 뻔뻔스러운 태도를 쉽게 알아볼 수 있는 그림을 놓았을 때, 나는 그 역시 바로 그곳에서 시작하여 무언가를 이야기하고 싶어 한다는 것을 알아챘다.

그런데 이 무사태평한 젊은이는 제13번 아르카눔으로 상기되는 해골들의 소름 끼치는 왕국과 무슨 관계가 있을까? 뭔가 교활한 의도가 있지 않은 이상, 그는 생각에 잠겨 무덤 주위를 배회하는 유형이 아니었다. 예를 들어 무덤을 파헤쳐 죽은 자들이 마지막 여행에 분별없이 가지고 떠난 귀중한 물건들을 강탈한다든지 하는 의도가 아니라면……

대개 '지상의 위대한 자들'은 통치의 상징물, 즉 황금 왕관, 반지, 왕홀(王笏), 눈부신 금속판이 달린 옷과 함께 묻혔다. 이 젊은이가 정말로 무덤 도굴꾼이라면, 그는 공동묘지에서 가장 유명한 무덤, 예를 들면 '교황'의 무덤을 찾으러 돌아다녀야 했는데, 교황들은 자신의 모든 화려한 장식물과 함께 무덤 속으로 내려갔기 때문이다. 그 도굴꾼은 달빛 없는 어느 날 밤 막대기 두 개('막대기 2')를 지렛대 삼아 무덤의 무거운 뚜껑을 들어 올리고는 무덤으로 내려갔다.

그다음엔 어떻게 됐을까? 우리의 이야기꾼은 '막대기의 에이스'를 내려놓았고, 마치 자라나는 무언가처럼 위로 올라가는 몸짓을 했다. 잠시 동안 나는 내 모든 추측이 틀렸는가 하고 의심했다. 그 몸짓은 도굴꾼이 교황의 무덤으로 내려가는 것과 모순되는 것처럼 보였기 때문이다. 그렇지 않다면 방금 뚜껑을 연 무덤에서 곧고 높다란 나무줄기 하나가 솟아 나왔고 도굴꾼이 그 위로 기어 올라갔다고 가정하거나, 아니면 그의 몸이 나뭇가지들 사이의 무성한 나뭇잎 무더기에 휩싸여 나무 꼭대기 위로 올라가는 것을 느꼈다고 가정해야 했다.

그는 분명히 교수형을 당할 만한 악당이었지만, 다행히도 이야기하는 데 있어서만은 단순히 카드를 덧붙이는 것으로 끝내지 않고(그는 왼쪽에서 오른쪽으로, 수평의 이중 줄로 나란히 늘어선 한 쌍의 카드들로 이야기를 진행했다.) 상당히 적절한 몸짓을 더함으로써 우리의 임무를 약간 편하게 해 주었다. 그리하여 나는 그가 '성배 10'을 통해 공동묘지의 꼭대기에

서 본 광경, 즉 오솔길을 따라 각각의 받침대 위에 늘어선 모든 무덤과 함께 그가 나무 꼭대기에서 바라본 그대로의 공동묘지를 보여 주려 했다는 것을 이해할 수 있었다. 그러면서 한편으론 소위 '심판' 또는 '천사'라 일컫는 아르카눔(여기서는 천상의 옥좌 주위에서 천사들이 무덤들의 뚜껑을 열리게 만드는 나팔을 불고 있다.)으로, 아마 '위대한 심판의 날'에 하늘의 주민이 그러하겠지만, 단순히 그가 위에서 무덤을 바라보았다는 사실을 강조하고자 하는 것 같았다.

개구쟁이처럼 기어 올라간 나무 꼭대기에서 우리의 주인공은 허공에 매달린 도시에 도착했다. 그렇게 나는 '메이저 아르카나' 중에서 가장 숫자가 큰 '세계'를 해석했다고 생각했다. 그것은 우리의 타로 카드에서 파도 또는 구름 위에 둥둥 떠 있었으며, 날개 달린 두 어린아이가 들어 올리고 있는 도시로 묘사되었다. 그 도시의 지붕들은 하늘의 둥근 천장에 닿을 정도였는데 바로 뒤에 이어지는 다른 아르카눔이 우리에게 보여 주었듯이, 그것은 바로 바벨의 '탑' 같았다.

나는 다음과 같은 말이 본의 아니게 순례자가 된 그를 맞아 주었을 것이라고 상상했다. "'죽음'의 심연으로 내려가고 또 '생명의 나무' 위로 올라가는 자는, '전체'를 관조하고 '선택'을 결정하는 '가능성의 도시'에 도착하노라."

이제 이야기꾼의 무언극은 우리에게 더 이상 도움이 되지 않았으며, 따라서 우리는 추측을 통해 상상해야 했다. '전체와 부분의 도시' 안에 들어간 우리의 악당은 이런 말을 들었을 것으로 상상할 수 있었다.

"너는 부('동전')를 원하느냐, 아니면 힘('검')을 원하느냐? 아니면 지혜('성배')를 원하느냐? 지금 바로 선택하라!"

그런 질문을 던진 자는 바로 엄숙하고 빛나는 대천사였으며('검의 기사') 우리의 악당은 곧바로 이렇게 외쳤다. "나는 부('동전')를 택하겠습니다!"

"너는 '막대기'들을 받아야 한다!" 말을 탄 대천사의 대답이었다. 그사이 도시와 나무는 연기처럼 사라졌고, 도굴꾼은 나뭇가지들이 요란하게 부서지는 소리와 함께 숲 한가운데로 곤두박질했다.

사랑 때문에 미친 오를란도의 이야기

이제 식탁 위에 펼쳐진 타로 카드들은 둘레가 완전히 막힌 사각형을 형성했다. 사각형의 한가운데는 텅 빈 창문처럼 보였다. 그 위로 지금까지 깊은 생각에 잠겨 있던 손님 하나가 멍한 시선을 던졌다. 거구의 기사였다. 그는 마치 납으로 만들어진 양 무겁게 두 팔을 들었고, 생각의 무게 때문에 목덜미에 금이라도 간 듯 천천히 고개를 돌렸다. 불과 얼마 전까지만 해도 틀림없이 전쟁에서 치명적인 번개처럼 활약했을 그 무사를 무겁게 짓누르는 것은 깊은 절망감이 틀림없었다.

그는 사각형의 왼쪽 가장자리 '검 10' 높이에 '검의 왕' 카드를 내려놓고는, 그 한 장의 그림으로 기사였던 과거와 우울한 현재를 표현하고자 했다. 우리는 곧바로 마치 전투의 자욱한 먼지 같은 것으로 인해 눈이 머는 느낌을 받았다. 나팔 소리가 들려왔으며, 창들은 벌써 산산이 부서져 날아갔고, 맞부딪친 말들의 입가에는 이미 번들거리는 거품이 뒤섞였고, 칼들은 벌써 칼날이나 옆면으로 다른 칼의 칼날이나 옆면과 부딪치고 있었다. 그리고 한 무리의 살아 있는 적들이 말에 올라탔다가 다시 내려와서는 자기 말 대신 무덤만 발견하는 곳에서, 바로 그런 무리 한가운데에서 기사 오를란도[12]는 자신의 두린다나[13]를 휘두르고 있었다. 우리는 그를 알아보았다. 바로 그가 쇠처럼 묵직한 손가락으로 각각의 카드를 누르면서 단편적으로 또 간헐적으로 자기 이야기를 하고 있었기 때문이다.

지금 그가 가리키는 것은 '검의 여왕'이었다. 날카로운 칼날과 무쇠 갑옷 들 한가운데에서 관능적이면서 형언할 수 없는 미소를 드러내는 그 금발 여인의 모습에서 우리는 프랑스 군대를 파멸시키기 위해 카타이[14]에서 온 요녀 안젤리카를 알아보았으며, 오를란도 백작이 지금도 그녀를 사랑하고 있음을 확신했다.

그다음에는 허공이 펼쳐졌다. 오를란도는 거기에다 '막대기 10'을 내려놓았다. 우리는 오를란도가 나아감에 따라 숲이 마지못해 길을 열어 주는 것을 보았다. 전나무의 뾰족한 잎들은 고슴도치의 바늘처럼 곤두섰고, 떡갈나무들은 몸통 줄기의 근육질 가슴을 한껏 부풀렸으며, 너도밤나무

---

12 Orlando. 아리오스토(Ludovico Ariosto, 1474~1533)의 방대한 서사시 『광란의 오를란도』에 나오는 주인공. 이 작품에서 오를란도는 이교도의 공주 안젤리카를 사랑했으나 안젤리카가 이교도 병사와 결혼하자 미쳐서 무자비한 모습을 보여 준다.

13 오를란도가 사용한 검의 이름으로 아리오스토에 의하면 원래 트로이아의 영웅 헥토르가 사용하던 것이라고 한다.

14 일반적으로 중국을 가리키지만, 『광란의 오를란도』에서는 막연하게 아시아 동쪽의 먼 지역을 가리키며 안젤리카는 바로 카타이의 공주이다.

들은 그의 길을 방해하려고 땅바닥에서 뿌리를 뽑아 올렸다. 숲 전체가 그에게 말하는 것 같았다. "가지 마라! 불연속과 차별의 왕국인 금속의 전쟁터를 무엇 때문에 떠나려 하느냐? 네가 가진 분해와 해체의 재능이 탁월하게 빛을 발하는 이 대학살의 현장을 무엇 때문에 떠나려 하느냐? 그리고 녹색의 점액질 자연 속으로, 살아 있는 연속성의 소용돌이 사이로 무엇 때문에 뛰어들려 하느냐? 오를란도여, 사랑의 숲은 너와 어울리는 장소가 아니다! 너는 너 자신을 보호할 방패도 없이 유혹의 적을 뒤쫓고 있다. 안젤리카를 잊어라! 돌아와라!"

하지만 오를란도는 그런 경고에 조금도 귀를 기울이지 않았다. 그는 오로지 하나의 환상에 사로잡혀 있었다. 지금 그가 식탁 위에 내놓은 제7번 아르카눔, 즉 '전차'로 표현된 환상에 말이다. 눈부신 안료로 우리의 타로 카드들을 세밀하게 그린 예술가는, 대부분의 싸구려 카드들에서처럼 거기에 왕을 그려 넣는 대신, 동방의 여제(女帝) 또는 마녀의 옷을 입은 여인이 날개 달린 두 마리 백마의 고삐를 붙잡고 있는 모습을 그려 넣었다. 말하자면 넋이 나간 오를란도의 환상 속에서 안젤리카는 그렇게 환상적인 자태로 숲 속으로 들어가고 있었다. 그가 뒤쫓는 것은 바로 그 날아가는 말굽들, 나비의 발보다 더 가벼운 말굽들의 흔적이었고, 마치 몇몇 나비들이 떨어뜨린 듯, 나뭇잎 위에는 황금빛 먼지의 흔적이 떨어져 숲으로 들어선 그를 안내했다.

가엾은 오를란도! 그는 아직 모르고 있었다. 그사이 우거진 숲 속 가장 우거진 곳에서는 부드럽고도 가슴을 에는 사랑의 포옹이 안젤리카와 메도로[15]를 결합시키고 있었다는 것을. 그에게 그것을 드러내기 위해서는 아르카눔 '연인'과 함께 우리의 세밀화가가 두 연인의 시선에 부여한 욕망의 나른함도 필요했다.(무쇠 같은 두 손과 꿈꾸는 듯한 태도로 오를란도는 처음부터 가장 아름다운 그 타로 카드를 자신을 위해 간직했고, 다른 사람들이 성배와 막대기와 동전과 검 들이 부딪치는 소리와 함께 자신의 이야기를 더듬거리게 내버려 두었다는 사실을 우리는 그제야 깨닫기 시작했다.)

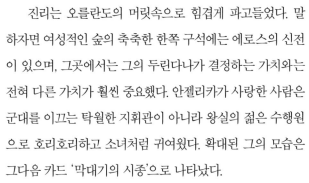

　진리는 오를란도의 머릿속으로 힘겹게 파고들었다. 말하자면 여성적인 숲의 축축한 한쪽 구석에는 에로스의 신전이 있으며, 그곳에서는 그의 두린다나가 결정하는 가치와는 전혀 다른 가치가 훨씬 중요했다. 안젤리카가 사랑한 사람은 군대를 이끄는 탁월한 지휘관이 아니라 왕실의 젊은 수행원으로 호리호리하고 소녀처럼 귀여웠다. 확대된 그의 모습은 그다음 카드 '막대기의 시종'으로 나타났다.

　그런데 두 연인은 어디로 달아났을까? 어디로 갔든 무사 오를란도의 무쇠 손으로 붙잡기에는 그들을 구성하는 물질은 너무나도 희미하고 붙잡기 어려웠다. 자신의 희망이 끝났다는 것을 더 이상 의심할 수 없게 되자, 오를란도는 몇 가

---

15 Medoro. 『광란의 오를란도』에 등장하는 이슬람 진영의 평범한 병사. 부상당한 그를 안젤리카가 구해 주었고, 그것을 계기로 두 사람은 사랑하여 결혼하게 된다. 『광란의 오를란도』에는 두 사람이 숲 속에서 사랑을 나누는 장면이 자세히 묘사된다.

지 무질서한 행동을 했다. 가령 칼을 뽑아 들고, 박차를 가하면서, 등자(鐙子) 안에서 다리를 쭉 편 것이었다. 그러다가 그의 내부에서 무언가가 깨졌고 터졌고 폭발했고 뒤엉켰으며, 한순간 갑자기 지성의 등불이 꺼지면서, 그는 어둠 속에 남겨졌다.[16]

이제 카드들은 사각형을 가로질러 맞은편에 있는 '태양'이 있는 곳까지 이어졌다. 아모르[17]가 오를란도의 이성의 등불을 들고 날아서 달아나고 있었는데, 바로 이교도들이 침입한 프랑스의 땅 위에, 사라센인들의 갤리선이 아무런 제재도 받지 않고 건너편 바다에 떠 있었다. 이제는 그리스도교 진영의 가장 강력한 기사가 광기로 인해 어둠 속에 누워 있었기 때문이다.

그 줄의 마지막 카드는 '힘'이었다. 나는 눈을 감았다. 그 기사도의 꽃이 태풍이나 지진처럼 맹목적인 지상의 폭발로 변해 버린 모습을 더 이상 감당할 수 없었던 것이다. 한때 이슬람 군대가 두린다나에 베여 쓰러졌던 것처럼, 이제는 그가 휘두르는 곤봉에, 이슬람 군대가 침입할 때 아프리카에서 프로방스와 카탈루냐 해안으로 함께 건너온 짐승들이 쓰러졌다. 그가 지나간 곳, 황무지로 변해 버린 들판은 고양잇과 동물들의 황갈색이나 줄무늬, 점박이 모피의 망토로 뒤덮였

---

16 오를란도는 안젤리카가 메도로와 결혼했다는 사실을 알게 된 순간 제정신을 잃고 스페인과 아프리카를 배회하며 닥치는 대로 사람과 짐승을 잔인하게 살육한다.

17 로마 신화에 나오는 사랑의 신으로, 그리스 신화의 에로스에 해당한다.

을 것이다. 조심성 많은 사자도, 길쭉한 모습의 호랑이도, 탄력성 있는 표범도 이 대학살을 피하지는 못했을 것이다. 그 다음에는 코끼리나 코뿔소, 강의 말인 하마의 차례였고, 그 동물들의 두꺼운 가죽은 메마르고 딱딱한 피부 같은 유럽의 땅 위에 두텁게 쌓여 갔다.

이야기꾼의 무쇠 같고 꼼꼼한 손가락이 다시 처음으로 돌아갔다. 말하자면 왼쪽에서 시작하여 그 아래 줄을 한 자씩 읽기 시작했다. 나는 '막대기 5'에서 미친 그가 뽑아낸 떡갈나무 몸통들이 부딪치는 것을 보았고(또 그 소리를 들었고) '검 7'에서 어느 나무에 걸린 채 잊힌 두린다나의 무위(無爲)에 가슴 아파했으며, 텅 빈 공간 속에 우연히 덧붙여진 '동전 5'를 보며 에너지와 재물의 낭비를 한탄했다.

이제 그가 한가운데에 놓은 카드는 '달'이었다. 차가운 반사광이 어두운 대지 위에서 빛나고 있었다. 광기에 사로잡힌 듯한 모습의 님프가 마치 하프를 연주하듯이 하늘의 황금빛 초승달을 향해 손을 들어 올리고 있다. 사실 그녀의 손에는 줄이 끊어진 활이 매달려 있다. 달은 패배한 행성이지만, 정복자 지구는 다름 아닌 달의 포로이다. 오를란도는 이제 달에게 붙잡힌 지구 위를 질주하고 있었다.

곧이어 우리에게 제시된 카드 '광대[18]'는 그 무엇보다 주제를 잘 표현해 주었다. 광기의 가장 큰 매듭을 밖으로 분출

---

[18] '메이저 아르카나'의 제0번 카드로 이탈리아어 원문에는 Il Matto, 즉 '미치광이'로 되어 있다. 이곳을 비롯한 여러 곳에서는 '미치광이'로 옮기는 것이 더 적절해 보인다.

시킨 다음 그는 해골처럼 마른 모습으로 곤봉을 낚싯대처럼 어깨에 메고 있다. 누더기 차림에 바지도 입지 않은 그의 머리에는 깃털들이 수북했다.(머리카락에는 개똥지빠귀의 깃털, 밤송이, 들장미와 루스쿠스[19]의 가시, 이성의 불이 꺼진 두뇌를 빨아 먹는 지렁이, 버섯, 이끼, 벌레혹, 꽃받침 등 온갖 잡동사니가 들러붙어 있었다.) 말하자면 오를란도는 사물들의 혼돈 한가운데로, 타로 카드들의 사각형과 세상의 중심으로, 가능한 모든 질서의 교차점으로 내려간 것이었다.

그렇다면 그의 이성은? '성배 3'은 그것이 '잃어버린 이성들의 계곡'에 보관된 유리병 안에 들어 있음을 우리에게 상기시켜 주었다.[20] 하지만 그 카드에는 똑바로 선 두 개의 잔 사이에 옆으로 누운 잔 하나가 있는 것으로 보아, 그 저장소에 보관되어 있지 않을 가능성도 있었다.

그 줄의 마지막 카드 두 장은 이미 식탁 위에 놓여 있었다. 첫 번째 카드는 우리가 이미 보았듯이, 위쪽에 말을 타고 달려가는 기사가 그려진 '정의'였다. 그것은 카롤루스 마그누스[21] 군대의 기사들이 그의 발자취를 뒤쫓고, 그를 지켜보고 있으며, '이성'과 '정의'에 봉사하도록 그의 칼을 되찾아

---

19 유럽이 원산지인 식물로 잎의 끝이 바늘처럼 뾰족하다.

20 『광란의 오를란도』에 의하면, 지상에서 잃어버린 것들은 모두 달에 보관되어 있고, 사랑 때문에 미쳐 버린 오를란도의 제정신도 유리병 안에 담겨 있다. 따라서 아스톨포 공작이 엘리야의 불 마차를 타고 달로 올라가 그것을 가지고 와서 광기에서 벗어나게 해 준다.

21 Carolus Magnus(742?~814). 프랑스어로는 샤를마뉴로 표기된다. 중세 프랑크족의 왕으로 강력한 지배력으로 그리스도교를 널리 전파했으며 이베리아 반도를 점령한 사라센들과 전쟁을 치르기도 했다.

오려는 희망을 버리지 않았다는 증거였다. 그렇다면 칼과 처울을 들고 있는 금발의 심판관 여인은, 그가 어떠한 경우든 함께 계산을 치러야 하는 '이성'의 이미지였을까? 아니면 흩어진 타로 카드의 조합으로 이루어진 '우연' 밑에 숨은 이야기의 '이성'이었을까? 어떻게 돌아다니든 결국은 오를란도를 붙잡아 묶고 그의 목 안으로 거부된 지성을 밀어 넣는 순간이 올 것이라는 의미였을까?

마지막 카드는 '매달린 사람'처럼 머리를 거꾸로 하고 묶여 있는 기사를 보여 준다. 그리고 마침내 그의 얼굴은 다시 청명하고 밝아졌으며, 눈은 자기 이성을 사용하던 과거보다 더 맑아졌다. 그는 뭐라고 말했을까? 아마도 이렇게 말하지 않았을까? "나를 이대로 내버려 둬. 나는 완벽하게 한 바퀴를 돌았고, 이제는 깨달았어. 세상은 거꾸로 읽어야 해. 모든 게 명백해."

달에 간 아스톨포의 이야기

　나는 오를란도의 이성과 관련된 다른 증언들을 수집해 보고 싶었다. 특히 그에게 이성을 되찾아 주는 것을 하나의 의무로 여기며, 자신의 독창적인 담대함을 시험해 보고자 했던 사람의 이야기를 듣고 싶었다. 아스톨포[22]가 우리와 함께 그곳에 있었으면 했던 것이다. 아직 아무것도 이야기하지 않은 그 자리의 손님들 중에 기수(騎手)나 요정처럼 가벼운 젊은이가 하나 있었는데, 그는 마치 자신과 우리의 침묵이 자기에게는 비할 바 없는 놀이의 기회라는 듯 이따금 깡충깡충 뛰면서 몸을 떨기도 했다. 그를 관찰하면서 나는 그가 그 잉글랜드 기사일 가능성이 크다는 것을 깨달았고, 그래서 카드 중에서 그와 가장 많이 닮아 보이는 그림, 그러니까 즐거운 듯 말의 뒷다리로 일어선 '막대기의 기사' 그림을 그에게 내밀며 공개적으로 이야기를 권했다. 그 젊은이는 미소를 지으며 한 손을 내밀었지만, 그 카드를 받는 대신 검지

22　Astolfo. 잉글랜드의 기사로 오를란도의 사촌인데, 달에 올라가서 미친 오를란도의 이성을 되찾아 온다.

를 엄지에 대고 툭 튕겨 허공으로 날아가게 만들었다. 카드
는 마치 바람에 흩날리는 낙엽처럼 휘날리더니 식탁 위 사
각형의 아래쪽 근처에 내려앉았다.

　이제 모자이크의 가운데에는 열린 창문이 없었다. 그
리고 게임에 사용되지 않은 카드도 몇 장 남아 있지 않았다.

　잉글랜드의 기사는 '검의 에이스'(나는 하릴없이 어느 나
무에 걸려 있는 오를란도의 명검 두린다나를 알아보았다……)를
들더니 '황제'(왕좌에 앉은 새하얀 수염의 카롤루스 왕이 매우 지
혜로운 모습으로 그려진……) 가까이에 놓았다. 그는 마치 자
신의 이야기로 수직의 기둥을 기어 올라가려고 준비하는
것 같았다. '검의 에이스', '황제', '성배 9'……(프랑스 진영에 오
를란도가 없는 날이 길어지자, 카롤루스 왕은 아스톨포를 불렀고,
그를 연회에 초대하여 함께 앉았다……) 그다음에 '광대'가 왔
는데, 절반은 누더기에 절반은 벌거벗은 모습으로 머리에는
깃털들을 꽂고 있었다. 그다음 카드 '연인'에서는 날개 달린
사랑의 신이 나선형 받침대 위에서 연인들에게 화살을 쏘고
있었다.("아스톨포, 그대는 분명 잘 알고 있겠지. 기사들 가운데 최
고 영웅인 우리의 조카 오를란도가, 이성의 등불을 잃어 사람과 미
친 사람을, 현명한 짐승과 다른 짐승을 구별하지 못하고, 새의 깃털
들을 뒤집어쓴 채로, 마치 다른 말은 모른다는 듯 새들의 지저귐에
만 대답하고 있다는 것을 말이오. 그가 이런 상태에 있는 것이 그리
스도인으로서의 참회, 겸손, 육체의 금욕, 정신의 오만함에 대한 잘
못된 열망 때문에 벌을 받는 것이라면 차라리 나았을 것이오. 왜냐
하면 그 경우에는 그 피해가 어떤 식으로든 정신적인 유리함에 의

해 보상받거나, 아니면 어쨌든 그런 사실에 대해 자랑하는 것은 아니지만, 최소한 부끄러움 없이, 머리만 약간 흔들면서 이야기할 수 있을 것이기 때문이오. 하지만 곤란한 것은, 강하게 억누를수록 더욱더 황폐하게 만드는 이교도의 신 에로스가 그를 미치게 만들었다는 사실이오……")

그 줄은 '세계'로 계속 이어졌는데, 거기에는 주위가 하나의 원처럼 둘러싸인 요새화된 도시가 보였다.(파리는 몇 달 전부터 사라센인들에게 포위된 채 요새의 원에 둘러싸여 있었다.)[23] 그다음의 '탑'은, 펄펄 끓는 기름이 쏟아지고 공성(攻城) 기계들이 공격하는 동안 성벽에서 아래로 떨어지는 시체들을 생생하게 표현하고 있었다. 전투 상황은 그렇게 묘사되었다.(아마 카롤루스 왕은 이렇게 말했을 것이다. "적들은 지금 몽마르트르와 몽파르나스의 언덕 발치에서 압박을 가하고 있으며, 메닐몽탕과 몽트뢰유에서 돌파구를 열고 있고, 포르트 도핀과 포르트 데 릴라[24]에 불을 지르고 있소……") 희망적인 결론을 내리기 위해서는 마지막 카드 한 장 '검 9'에게 기대하는 수밖에 없었다.(그러니까 황제의 연설은 이런 식의 결론을 내릴 수밖에 없었다. "오직 우리 조카만이 쇠와 불의 포위망을 기습 공격으로 뚫을 수 있을 것이오……. 어서 가게, 아스톨포! 어디에서 잃었든지, 오를란도의 이성을 찾아서 가지고 오게! 우리를 구해 줄 수 있는 건 그것뿐이

---

23 『광란의 오를란도』에 의하면, 오를란도가 미쳐서 방황하고 있는 동안 사라센 군대는 파리를 포위하고 심지어 성벽을 넘어 도시까지 공격한다.
24 몽마르트르, 몽파르나스, 메닐몽탕, 몽트뢰유, 포르트 도핀, 포르트 데 릴라는 모두 파리 시내 또는 근교의 지명이다.

야! 달려! 날아가!")

아스톨포는 무엇을 해야 했을까? 그의 손에는 아직 멋진 카드 한 장이 들려 있었다. '은둔자'라는 아르카눔이었는데, 여기에서 그는 손에 모래시계를 들고 있는 꼽추 노인으로, 돌이킬 수 없는 시간을 뒤집고, 그리하여 전보다 후를 먼저 보는 예언자로 묘사되어 있었다. 그러니까 아스톨포는 그런 현자 또는 마법사 메를리노[25]에게 찾아가 어디에 가면 오를란도의 이성을 되찾을 수 있을지 물었던 것이다. 은둔자는 모래시계 안에서 모래 알갱이들이 흘러내리는 것을 읽었고, 그리하여 우리는 이야기의 두 번째 줄을 읽을 준비를 했는데, 그것은 바로 왼쪽 옆에 있는 줄로 위에서 아래로 '심판', '성배 10', '전차', '달'로 이어졌다…….

"너는 하늘로 올라가야 한다, 아스톨포.('심판'의 천사 같은 아르카눔은 인간을 초월하는 상승을 의미했다.) 달의 창백한 들판에 끝없이 넓은 창고가 있다. 그곳에 ('성배'의 카드처럼) 줄지어 늘어선 유리병들 안에, 사람들이 체험하지 않은 이야기, 의식의 문을 한 번 두드렸다가 영원히 사라지는 생각, 조합들의 게임 속에 버려진 가능성의 파편, 찾을 수 있지만 찾지 못하는 해결책 등이 보관되어 있단다."[26]

달로 올라가기 위해서는(아르카눔 '전차'는 거기에 대해 불

---

25 Merlino. 중세의 기사문학, 특히 아서 왕과 원탁의 기사 시리즈에서 유명한 마법사이며 예언자이다.

26 『광란의 오를란도』에 의하면, 아스톨포가 성 요한과 함께 올라간 달의 계곡에는 지구에서 잃어버린 것들이 모두 보관되어 있는데, 아리오스토는 그곳에 있는 온갖 희한한 것들에 대해 오랫동안 묘사한다.

필요하지만 시적인 소식을 전해 준다.) 날개 달린 말이나 페가수스[27] 또는 이포그리포[28] 같은 잡종 동물에 의존하는 것이 관례이다. 그런 동물은 요정들이 황금 마구간에서 길러 이두마차나 삼두 마차의 멍에를 씌운다. 아스톨포는 자신의 이포그리포를 갖고 있었고, 그 위의 안장에 올라탔다. 그리고 하늘 높이 날아갔다. 초승달이 가까이 다가왔다. 그는 착륙했다.[29](타로 카드에서 '달'은 한여름 밤에 시골뜨기 배우들이 연기하는 「퓌라모스와 티스베」[30]의 달 이상으로 감미롭게 묘사되지만, 그런 만큼 우의적인 의미들은 단순하다…….)

　　이어서 우리가 달의 세계에 대해 보다 자세한 묘사를 기대하던 바로 그 순간, '운명의 수레바퀴'가 등장했다. 달은 종종 거꾸로 뒤집힌 세상에 대한 고전적 환상에 빠져들게 했는데, 그곳에서는 당나귀가 왕이고, 인간이 네발짐승이고, 어린이가 노인을 다스리고, 몽유병자가 키를 잡고, 시민이 우리 안에서 다람쥐처럼 물레방아를 돌리는 등 상상력이 조합하고 해체할 수 있는 모든 역설이 가능했다.

　　아스톨포는 그 무상(無償)의 세계에서 '이성'을 찾으려고 올라갔는데, 실은 그 자신이 바로 '무상의 기사'였다. 시인들

27　그리스 신화에 나오는 날개 달린 말.

28　『광란의 오를란도』에서 자세히 묘사되는 이포그리포는 상상의 동물인 그리핀의 머리에 깃털과 날개가 달려 있는 말이다.

29　하지만 『광란의 오를란도』에서는 아스톨포가 성 요한과 함께 엘리야의 불마차를 타고 달의 하늘로 날아 올라갔다고 이야기한다.

30　「퓌라모스와 티스베」는 오비디우스의 『변신 이야기』에 나오는 단편이다. 양쪽 부모의 반대 때문에 몰래 만나던 두 사람은 어느 날 밤 밀회 장소에서 일어난 오해 때문에 각각 자결하고 만다.

의 헛소리로 가득한 그런 달에서 지구에 도움이 될 만한 지혜를 이끌어 낼 수 있을까? 기사 아스톨포는 달에서 처음 만나는 사람에게 질문을 던졌다. 상대는 바로 '마술사'로, 그 이름이나 의미는 모호하지만, 여기에서는 마치 글을 쓰듯이, 손에 펜을 들고 있는 것으로 보아 시인으로 볼 수도 있었다.

달의 새하얀 들판에서 아스톨포는 시인을 만났는데, 그는 자신의 구상 속에 8행 연구[31]의 시, 플롯의 실마리, 이성과 비이성을 짜 맞추는 데 몰두하고 있었다. 만약에 그가 달의 중심에 거주하고 있다면(아니, 역으로 달의 가장 심오한 핵심이 그의 내부에 거주하고 있다면), 과연 달이 말과 사물의 총체적인 운율 목록을 간직하고 있는지, 또한 비이성적인 지구와는 반대로 이성으로 충만한 세상인지 말해 줄 것이다.

"아니야. 달은 황무지야." 식탁에 놓인 마지막 카드 '동전의 에이스'로 보건대, 시인의 대답은 이랬다. 카드에는 황량한 원주(圓周)가 그려져 있었다. "이 메마른 행성에서 모든 이야기, 모든 시가 출발하지. 그리고 모든 여행은 숲, 전투, 보물, 잔치, 침실 들을 가로질러 우리를 바로 이곳, 텅 빈 지평선의 중심으로 되돌려 보내지."

---

31 『광란의 오를란도』는 11음절의 시행 여덟 개가 하나의 단락 또는 연을 이루는 소위 '8행 연구(八行聯句)' 형식으로 이루어져 있다. 아스톨포는 달나라를 여행하는 동안 한 노인을 만나는데, 그는 인간의 명성을 망각으로부터 구하려고 노력하는 시인을 상징한다.

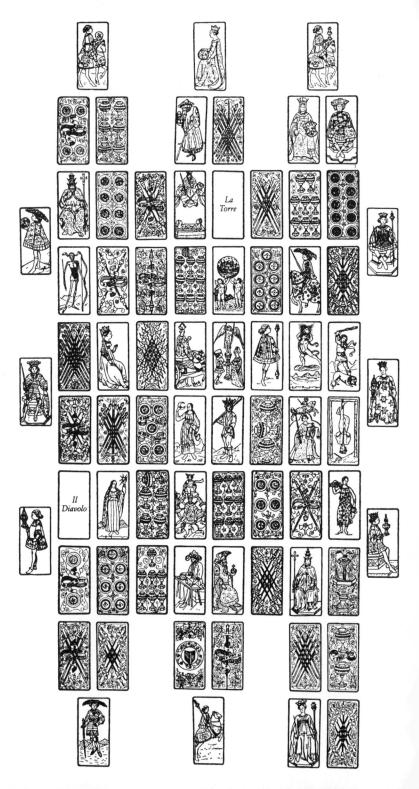

다른 모든 이야기

이제 사각형은 완전히 타로 카드와 이야기에 뒤덮여 버렸다. 카드들은 모두 식탁 위에 펼쳐져 있었다. 그러면 내 이야기는 없는가? 나는 다른 이야기들 한가운데에서 내 이야기를 알아볼 수 없었다. 이야기가 너무나도 빽빽하게 뒤엉켜 하나가 되어 있었기 때문이다. 사실 이야기 하나하나를 해석하는 데 골몰하느라 나는 지금까지 우리의 이야기 방식 중 가장 두드러진 특징을 간과했다. 말하자면 각각의 이야기는 다른 이야기와 만나고, 어느 한 손님이 자기 이야기의 줄을 진행시키는 동안, 다른 손님이 다른 끄트머리에서 정반대 방향으로 이야기 줄을 진행시켰던 것이다. 왼쪽에서 오른쪽으로, 또는 아래에서 위로 서술된 이야기는 반대로 오른쪽에서 왼쪽으로, 또는 위에서 아래로 읽히기도 했다. 똑같은 카드가 상이한 배치로 제시되면, 가끔 그 의미가 바뀌고, 똑같은 한 장의 카드가 핵심이 되는 네 군데 지점에서 출발하는 이야기꾼들에게 동시에 필요하다는 것을 고려하면 그렇다.

　그러므로 아스톨포가 자신의 모험 이야기를 시작하는 동안, 동석한 아름다운 귀부인 중 한 명은 '동전의 여왕'에 묘사된 사랑스러운 여인의 옆모습으로 자신을 소개했고, 아스톨포의 길이 도착하는 지점인 '은둔자'와 '검 9' 가까이에다 벌써 그 카드를 배치했다. 그녀에게 그 카드들이 필요했던 것은 그녀의 이야기가 그렇게 시작되었기 때문이다. 그녀는 벌써 몇 년 동안 자신을 이방인의 도시에 포위되어 있도록 만든 전쟁이 어떻게 끝날 것인지 알기 위해 점쟁이에게 문의해 왔다. 그리고 '심판'과 '탑'은, 신들이 이미 오래전에 트로이를 함락시키기로 결정했다는 소식을 그녀에게 전해 주었다. 사실 요새화되고 포위된 그 도시('세계')는 아스톨포의 이야기에서는 사라센인들이 노리는 파리였고, 그 기나긴 전쟁의 최초 원인이었던 그녀[32]가 보기에는 트로이였다. 그러니까 여기에서 노래와 리라 연주 소리가 울려 퍼지는 잔치는 아카이아인[33]들이 고대하던 함락의 날을 위해 준비하던 잔치였다.

　그런데 동시에 또 다른 여왕(도움을 주는 '성배의 여왕')이 자신의 이야기 안에서, 오를란도의 이야기를 향하여 그와 똑같은 길을 따라 나아갔는데, 그녀는 '힘'과 '매달린 사람'에서부터 이야기를 시작했다. 말하자면 이 여왕은, 난폭한 (최소한 사람들이 이야기하는 바로는 그랬다.) 산적이 '정의'의 판

---

32 그리스 신화에서 트로이 전쟁의 원인이 되었던 헬레네.
33 기원전 2000년경 그리스 본토에 침입하여 정착한 주민으로 특히 호메로스의 시에서 그리스인을 가리키는 호칭으로 널리 사용되었다.

결에 따라, '태양' 아래에서 고문의 도구에 매달려 있는 것을 보았다. 그에게 연민을 느낀 그녀는 가까이 다가가, 그에게 마실 것('성배 3')을 내밀었고, 그가 영민하고 친절한 젊은이('막대기의 시종')라는 것을 깨달았다.

아르카눔 '전차', '연인', '달', '광대'(그것들은 이미 안젤리카에 대한 꿈에, 오를란도의 광기에, 이포그리포의 여행에 사용되었다.)는 이제 두 이야기 사이에서 논란을 일으켰다. 한편 점쟁이는 트로이의 헬레네에게 이렇게 예언했다. "승리자들과 함께 마차를 탄 어느 여인, 여왕 또는 여신이 들어올 것이고, 당신의 파리스는 그녀를 사랑하게 될 것이오." 결국 메넬라오스를 배신한 아름다운 아내는 천한 옷을 입고 위장한 채, 궁정의 광대 하나만 데리고, 달빛을 받으며 포위당한 도시에서 달아났다. 또 한편 다른 여왕이 묘사하는 이야기에서, 그녀는 죄수를 사랑하게 되어 밤에 그를 풀어 주었고, 그가 방랑자로 변장하여 달아나도록 도왔으며, 또한 자기가 왕실의 마차로 뒤쫓아 갈 테니 숲의 어둠 속에서 기다리라고 했다.

그 두 이야기는 이어서 각자 자신의 결론을 향해 계속 이어졌다. 헬레네는 올림포스('운명의 수레바퀴')에 도달했고, 신들의 연회('성배 9')에 참석했다. 반면, 다른 여왕은 숲 속('막대기 10')에서 자기가 풀어 준 젊은이를 새벽을 밝히는 황금빛('동전 5') 첫 여명 때까지 부질없이 기다렸다. 그리고 헬레네는 최고의 신 제우스에게 이렇게 말하면서 이야기를 끝냈다. "이곳 올림포스에서 더 이상 장님이 아니고, 불멸의 신들 사이에 앉아 있으며, 다른 시인들이 노래하게 될 덧

없는 시들 속에 시간을 초월한 시구들을 배치하고 있는 시인('마술사')[34]에게 말해 주십시오. 하늘에 계시는 분들의 의지('검의 에이스')에 부탁하오니, 제게 적선('검의 에이스')을 베푸사 내 운명의 시에 이렇게 써 주십시오. '파리스가 그녀를 배신하기 전에, 헬레네는 트로이의 목마 바로 그 배 속에서 오디세우스('막대기의 기사')에게 자신을 줄 것이다!'라고 말

입니다." 그동안 다른 여왕의 운명 역시 그에 못지않게 불확실했는데, 그녀는 군대의 선두에서 자신에게 다가오는 어느

눈부신 여전사('검의 여왕')가 이렇게 말하는 소리를 들었다. "밤의 여왕이여, 네가 풀어 준 남자는 내 것이다. 전투를 준

비하라. 낮의 군대와 벌이는 전쟁은 숲의 나무들 사이로 새벽이 오기 전까지 끝나지 않을 것이다!"

또한 동시에 '세계' 카드에서 포위된 파리 또는 트로이는 무덤의 도굴꾼 이야기에서 하늘의 도시였는데, 이제 다른 사람의 이야기에서는 지하의 도시가 되었다는 것을 알아야 했다. 그 사람은 '막대기의 왕'에 그려진 강건하고 쾌활한 특징으로 자신을 소개했다. 그는 어느 마법의 숲에서 엄청난 능력을 가진 몽둥이로 무장한 다음 그곳에 도착했고, 그에게 자신의 부를 자랑하던 검은 무기들을 가진 미지의 기사를 뒤따라 왔다.('막대기 9', '검의 기사', '동전 9') 어느 선술집('성배 9')에서 말다툼에 휘말린 그 베일에 싸인 동료 여행자는 도시를 통치할 왕홀('막대기의 에이스')을 걸고 게임을 하기

---

34 트로이 전쟁에 대해 노래한 호메로스를 암시한다.

로 결정했다. 몽둥이 싸움은 우리의 영웅에게 유리했다. 그러자 그 미지의 무사가 말했다. "자, 이제 네가 '죽음의 도시'의 주인이다. 너는 '불연속성의 군주'를 이겼다는 사실을 알아야 한다." 그런 다음 그는 가면을 벗고 자신의 진정한 얼굴('죽음'), 말하자면 코가 문드러진 누런 해골을 드러냈다.

'죽음의 도시'가 폐쇄되자 이제 아무도 죽을 수 없었다. 새로운 '황금시대'가 시작되었다. 사람들은 먹고 마시느라 흥청거렸고, 무익한 싸움을 위해 칼을 휘둘렀고, 높다란 탑에서 아래로 몸을 던지고도 멀쩡했다.('동전 10', '성배 8', '검 6', '탑') 그리고 환락에 빠진 산 자들이 거주하는 무덤들('심판')은 바로 하느님과 천사들의 깜짝 놀란 시선을 받으며 자신의 쾌락을 즐기기 위해 향락자들이 모이는, 이제는 쓸모없는 공동묘지를 표현했다. 결국 얼마 지나지 않아 경고가 울렸다. "'죽음'의 문을 다시 열어라! 그러지 않으면 세상은 메마른 막대기들만 늘어선 사막이나, 차가운 금속의 산이 될 것이다!" 그리고 우리의 영웅은 분노한 교황의 발 앞에서 복종의 표시로 무릎을 꿇었다.('막대기 4', '동전 8', '교황')

"그 교황이 바로 나였어!" 다른 손님 하나가 외치는 것 같았다. 그는 '동전의 기사'로 변장한 모습으로 자신을 소개하고는 비웃듯이 '동전 4'를 던졌는데, 마치 자신이 전쟁터에서 죽어 가는 사람들에게 마지막 노자 성체(路資聖體)를 갖다 주기 위해 교황 궁전의 화려함을 버렸다고 말하는 것 같았다. 그렇다면 '죽음'과 그다음 '검 10'은 찢어진 육신이 사방에 널려 있고 그 한가운데에서 교황이 깜짝 놀라 돌아다니고 있는 것을 표현했는데, 그것은 어느 기사와 시체의 사랑을 표현했던 바로 그 카드들을 통해 자세하게 묘사되는 이야기의 시작이었다. 하지만 그 똑같은 카드들은 또 다른 코드에

의해 해석되었고, 따라서 '막대기 5', '악마', '동전 2', '검 4'로 이어지는 카드들은, 그런 대학살을 보고 의혹에 빠진 교황이 스스로에게 이런 질문을 던진다는 사실을 암시했다. "하

느님, 무엇 때문에 이런 것을 허용하십니까? 무엇 때문에 당신의 수많은 영혼들이 길을 잃도록 내버려 두십니까?" 그러자 숲 속에서 어느 목소리가 이렇게 대답했다. "영혼과 세상

은 우리 둘이 나누어 갖고 있다!('동전 2') 허용하거나 허용하지 않는 것이 '그'의 일만은 아니다! '그'는 언제나 나와 계산을 해야 한다!"

그 카드 줄의 끝에 있는 '검의 시종'은, 그 목소리에 이어 경멸의 태도를 지닌 무사 하나가 나타났다는 것을 명백히 말해 주었다. "너는 내가 '대립의 군주'임을 인정하라. 그러면 나는 평화가 세상을 지배하도록 하겠으며, 새로운 '황금시대'를 시작하겠노라."

"오래전부터 이 표시는 '유일자(唯一者)'가 '다른 자'를 이겼다는 것을 상기시켰노라!" 교황은 교차된 '막대기 2'를 그에게 내밀면서 이렇게 말했을 수도 있다.

아니면 그 카드는 갈림길을 의미했을 수도 있다. "길은 두 갈래다. 선택하라!"라고 '적'이 말했다. 그런데 교차로 한가운데에서 '검의 여왕'(전에는 요녀 안젤리카, 또는 저주받은 아름다운 영혼, 또는 여전사를 표현했다.)이 나타나 말했다. "멈추

시오! 그대들의 싸움은 의미가 없어요. 알아 두시오. 나는 이 세상을 끊임없이 해체하고 재구성하는, '즐거운 파괴의 여신'이오. 총체적인 대학살 가운데 카드들은 계속하여 뒤섞입니다. 그렇다고 영혼들의 운명이 육체들보다 나은 것도 아닙니다. 육체들은 최소한 무덤의 휴식이라도 즐기니까요. 끝없는 전쟁이 창공의 별까지 이르러 온 우주를 뒤흔들고, 정신이나 원자도 예외가 아니에요. 어두운 방 안으로 한 줄기 빛살이 들어올 때 허공에 떠 있는 황금빛 먼지 속에서도 루크레티우스[35]는 미세한 분자들의 전투, 침입, 공격, 마상 창 시합, 회오리바람 같은 것들을 관조했지요……."('검 7', '별', '동전 7', '검'들[36])

물론 이 카드의 뒤엉킴 속에는 분명히 나 자신의 이야기, 나의 과거와 현재와 미래도 포함되어 있지만, 나는 이제 그것을 다른 이야기와 구별할 수 없다. 숲과 성, 타로 카드들은 내가 내 이야기를 잃어버리고, 이야기들의 먼지 속에서 혼동하고, 또한 거기에서 벗어나도록 이끌었다. 나에게 남아

---

35 Titus Lucretius Carus(기원전 94?~55?). 로마의 시인이자 철학자로『만물의 본성에 대하여』를 남겼는데, 유물론적 관점에서 진실로 실재하는 것은 미세한 분자들과 무한한 공간뿐이라고 주장했다.

36 원문에는 Spade, 즉 '검'들로 되어 있는데, 칼비노의 착오로 '막대기 6'을 잘못 쓴 듯하다. 이 이야기의 마지막 카드 네 장을 순서대로 살펴보면 마지막 네 번째는 '막대기 6'이다. 그리고 이 이야기와 반대 방향으로 진행되었던 다른 이야기, 즉「저주받은 신부의 이야기」에서 주인공 '검의 시종'은 바로 '막대기 6'에서 이야기를 시작했다. 참고로 윌리엄 위버(William Weaver)의 영어 번역본(Vintage Books, London, 1977, p.46)은 Swords라고 옮겼다.

있는 것은 오로지 계산을 끝내고, 완결하고, 또다시 반복하게 만들고 싶은 편집증적인 집착뿐이다. 아직도 정반대 방향으로 사각형의 두 면을 가로질러 가는 일이 남아 있으며, 나는 오로지 꼼꼼함 때문에, 일을 끝내지 않은 채 놔두지 않기 위해 앞으로 나아갈 뿐이다.

우리를 환대하고 있는 여관 주인-성주도 오래 지나지 않아 자기 이야기를 했다. 그는 '성배의 시종'인데, 어느 범상치 않은 손님('악마')이 그의 여관-성에 나타났던 듯하다. 어떤 손님들에게는 마실 것을 공짜로 제공하지 않는 것이 좋은 관례이지만, 값을 치르라고 하자 그 손님은 말했다. "주인장, 당신의 술집에서는 모든 것이 뒤섞이는군요. 포도주도, 운명도 말이오……."

"손님께서는 우리 집 포도주가 마음에 들지 않으십니까?"

"아주 마음에 들어요. 다만 혼합되어 양면성을 지닌 모든 것을 구별할 줄 아는 존재는 바로 나뿐이라는 거지요. 그러니까 '동전 2'보다 많은 것을 당신에게 주고 싶소!"

여기에서 제17번 아르카눔 '별'은 이제 더 이상 프시케도, 무덤에서 나온 신부도, 창공의 행성도 아니었으며, 단지 돈을 받기 위해 계산서를 들고 온 하녀였는데, 전혀 본 적이 없는 눈부신 동전들을 손에 들고 돌아와서 소리쳤다. "보세요! 저 손님이! 무엇을 했는지 보세요! 탁자 위에서 잔('성배 5') 하나를 뒤집었는데, 거기에서 '동전'이 강물처럼 쏟아져 나왔어요!"

"아, 정말 대단한 마법이로군!" 여관 주인-성주는 소리쳤다.

　손님은 벌써 문가에 있었다. "이제 당신의 술잔들 가운
데에는 다른 잔과 똑같아 보이지만 마법의 잔이 하나 있소.
그 선물을 사용하여 나를 즐겁게 해 주시오! 그러지 않으면,
당신이 나를 친구로 알았던 것과 마찬가지로, 나는 적이 되
어 당신을 다시 찾아올 것이오!" 그는 그렇게 말하고 사라
졌다.

　성주는 생각하고 또 생각했다. 그리고 짤랑거리는 동전
들을 쏟아부어 권력을 잡고자 재주꾼으로 변장하고 제일
큰 도시로 가기로 결심했다. 그러므로 '마술사'(앞에서 우리
가 메피스토펠레스 또는 시인으로 보았던)는 자기 술잔들의 야
바위 게임을 통해 '황제'가 되기를 꿈꾸는 여관 주인-흥행
사이기도 했으며, '운명의 수레바퀴'는 더 이상 '황금의 물레
방아'나 올림포스나 달의 세계가 아니라, 세상을 뒤집으려는
그의 의도를 표현했다.

　그는 길을 떠났다. 하지만 숲 속에서…… 여기에서 우리
는 아르카눔 '여교황'을 새롭게 해석해야 한다. 그녀는 바로
숲 속에서 향락의 의식을 거행하는 '위대한 여사제'로서 여
행자에게 이렇게 말했던 사람이다. "우리가 도둑맞은 신성
한 성배를 바케[37]들에게 돌려주어라!" 그리하여 타로 카드
에서 '절제'라 부르는, 맨발에다 포도주에 젖은 아가씨도 설
명되고, '성배의 에이스' 자리를 차지하고 있는 성배-제단의

---

37 로마 신화에서 포도주의 신 바쿠스를 뒤따르는 여인들로 마이나데스와 동
일한 의미로 쓰인다.

정교한 작업도 설명된다.

　그와 동시에 성실한 여관 여주인, 또는 세심한 성주 부인으로서 우리에게 마실 것을 제공하던 뚱뚱한 여주인도 세 장의 카드 '막대기의 여왕', '검 8', '여교황'으로 자신의 이야기를 시작했다. 그리고 우리는 '여교황'을 어느 수녀원의 원장 수녀로도 간주하게 되었는데, 그 당시 연약한 수련생이었던 이 여인은 전쟁이 다가온다는 소식을 듣고 공포에 질려 있던 수녀들을 안심시키기 위해 수녀원장에게 이렇게 말했다. "제가 침입자들의 대장과 결투('검 2')를 하도록 허락해 주십시오!"

　'정의'가 우리에게 다시 한 번 말해 주듯이 사실 그 수련생은 노련한 여검객이었다. 그런데 새벽의 전쟁터에서 그녀의 당당한 모습이 너무나도 눈부시게 나타났기에('태양'), 결투의 도전장을 받은 왕자('검의 기사')는 그녀를 사랑하게 되었다. 결혼 피로연('성배 8')은 신랑 부모('여황제'와 '동전의 왕')의 왕궁에서 거행되었는데, 부모의 얼굴에는 그 특이한 며느리에 대한 불신이 가득 담겨 있었다. 신랑이 다시 떠나야 했을 때('성배의 기사'가 멀어지는 것), 잔인한 시부모는 어느 자객에게 돈('동전 10')을 지불하고는 신부를 숲 속('막대기 9')으로 데리고 가서 죽이라고 했다. 그런데 그 광폭한 자객('힘')과 '매달린 사람'은 동일한 인물로 드러났으니, 사자 같은 우리의 여주인에게 덤벼든 자객은 잠시 후 그 힘센 여전사에 의해 머리를 거꾸로 하여 매달리게 되었던 것이다.

　습격에서 벗어난 여주인공은 여관 여주인 또는 성의 하

녀로 변장하여 숨어 지내게 되었으며, 지금 우리가 아르카
눔 '절제'를 통해 또는 직접 눈으로 보고 있듯이, 가장 순수
한 포도주('성배의 에이스'에 보이는 바쿠스 모티브들이 보장하듯
이)를 따르고 있는 것이다. 그리고 그녀는 지금 두 사람을 위
한 식탁을 준비하고는 신랑이 돌아오기를 기다리면서, 이
숲 속에서 모든 나뭇잎의 움직임, 타로 카드 한 벌의 모든 움
직임, 게임의 마지막에 이를 때까지 이 이야기들을 끼워 맞
추는 과정에서 나타나는 모든 반전을 주의 깊게 살펴보고
있다. 그 순간 그녀의 손이 카드들을 흩뜨려 뒤섞어 버렸다.
모든 것은 처음부터 다시 시작되었다.

교차된
운명의 선술집

선술집

　우리는 어둠에서 나온다. 아니, 들어간다. 밖에는 어둠
이 있고, 여기에는 연기 한가운데에서 무언가가 보인다. 빛
은 아마 촛불의 불빛인 듯 연기에 휩싸여 있지만, 탁자 위로,
하얀색 위의 노란색, 파란색이 보이고, 색깔 있는 얼룩들, 검
은색 테두리에 빨간색, 초록색도 보이고, 탁자 위에 흩어진
하얀색 직사각형들 위로 그림들이 보인다. 먼저 '막대기'들,
밖에 있는 것들처럼 빽빽한 나뭇가지, 나무줄기, 잎사귀 들
이 보인다. 또한 우리가 길을 잃었던 어둠 속에 매복했다가
나뭇잎 사이로 우리에게 날카로운 타격을 가했던 검도 보
인다. 다행히 우리는 마침내 어느 불빛과 문을 보았지만 말
이다. 그리고 눈부시게 빛나는 '동전'과 '성배' 들이 있다. 잔
과 접시, 김이 모락모락 나는 그릇, 포도주 잔 들이 차려진
이 식탁에 앉아 있는 우리는, 목숨을 구하기는 했지만 얼마
나 놀랐는지 아직도 절반은 넋이 나간 모습이다. 우리는 이
야기할 수 있고, 또 이야기해야 할 것이다. 각자 자신에게 무
슨 일이 일어났는지, 어둠 속에서, 침묵 속에서 자기 눈으로

무엇을 보았는지 다른 사람들에게 이야기하고 싶을 것이다. 지금 이곳은 시끄럽다. 내 말이 들리도록 하려면 어떻게 해야 할까? 나는 내 목소리를 들을 수 없다. 목에서 소리가 나오지 않는다.

나는 목소리가 없다. 다른 사람들의 목소리도 들리지 않는다. 소음은 들린다. 내 귀가 먹은 것은 아니다. 나는 그릇들이 달가닥거리는 소리, 술병의 마개를 따는 소리, 숟가락들이 부딪치는 소리, 음식을 씹는 소리, 트림하는 소리를 듣는다. 나는 내가 목소리를 잃어버렸다는 것을 알리기 위해 몸짓을 한다. 다른 사람들도 같은 몸짓을 한다. 그들도 말을 하지 못한다. 우리는 모두 숲 속에서 목소리를 잃어버렸다. 탁자에 둘러앉은 우리는 모두, 남자든 여자든 모두, 옷을 잘 차려입었든 초라하게 입었든 모두 서로를 바라보았고, 젊은이든 늙은이든 상관없이 모든 이의 머리카락이 하얀 것을 발견하고 깜짝 놀라 두려움에 휩싸였다. 나도 이곳의 거울과 카드 중 하나에 모습을 비춰 보고 머리카락이 하얗게 센 것을 보고 공포에 질렸다.

내가 목소리와 말, 어쩌면 기억까지 잃어버렸다는 사실을 어떻게 이야기할 것인가? 저기 밖에서 무슨 일이 있었는지 기억해 내기 위해 나는 무엇을 할 것인가? 그리고 일단 기억이 떠오르면, 그것을 표현하기 위한 말들을 어떻게 찾아낼 것인가? 또한 말들을 발음하기 위해 어떻게 할 것인가? 지금 우리는 모두 몸짓이나 찡그린 표정을 통해 다른 사람에게 무언가를 이해시키려고 노력하고 있다. 모두들 원숭이 같다.

여기 이 탁자 위에 타로 카드가 한 벌 있는 게 그나마 다행이다. 이 카드는 가장 일반적인 카드, 사람들이 일반적으로 마르세유 카드[38]라고 부르는, 또는 원한다면 베르가모[39] 카드, 나폴리 카드, 또는 피에몬테[40] 카드라고 부르는 카드이다. 시골 선술집이나 집시 여인들의 앞치마에서 볼 수 있는 것과 똑같은 것은 아닐지 몰라도 그와 비슷한 카드들이다. 거칠고 조잡한 선으로 그려진 그림들, 그렇지만 미처 예상치 못한 세밀한 묘사 덕분에 쉽게 이해할 수 없는 그림들이다. 마치 예술의 규범대로 얼마나 많은 것을 공부했는지 모를 사람이 섬세하게 작업하여 아주 복잡한 그림을 그렸는데, 그것을 인쇄하기 위해 나무판에 새긴 사람이, 자신의 투박한 손으로 그 모델들을 대충 모방한 것처럼, 그리고 그 자리에서 마치 자신이 무엇을 베끼고 있는지 이해하지도 못한 채 머릿속에 떠오르는 대로 조각칼로 새겨 넣은 다음 나무판에다 먹물을 묻히고 인쇄한 것처럼 보인다.

우리는 모두 함께 그 카드들 위에 손을 올려놓았다. 여러 그림 중에서 다른 그림들과 나란히 늘어선 그림 하나가, 나를 이곳까지 오게 만든 이야기를 생각나게 해 주었다. 나는 나에게 무슨 일이 일어났는지 확인하려고 애쓰며 그것을 그 자리에 있는 다른 사람들에게 보여 주려고 노력하는데, 그들은 카드에서 자기 것들을 찾고, 나에게 이런저런 그

---

38 마르세유 카드에 관해서는 책의 말미에 실린 작가의 '메모' 참조.

39 이탈리아 북부 밀라노 북동쪽에 있는 도시.

40 이탈리아 북서부 알프스 산자락의 토리노를 중심으로 하는 지방.

림을 손가락으로 보여 준다. 하지만 다른 것과 딱 맞아떨어지는 것은 없어, 우리는 서로의 손에서 카드를 빼앗아 탁자 위에서 뒤섞는다.

망설이는 자의 이야기

우리 중 한 사람이 카드 한 장을 돌려 위로 들어 올리더니, 마치 거울 속의 자기 모습을 보듯이 바라보았다. 사실 '성배의 기사'는 그 자신의 모습처럼 보였다. 커다랗게 뜬 두 눈, 하얗게 변해 어깨 위로 흘러내린 기다란 머리카락과 함께 불안해 보이는 얼굴뿐 아니라, 마치 어디에 놓을지 모르는 듯 탁자 위에서 움직이는 손도 비슷했다. 그림 속에서 기사는 손바닥 위에서 균형을 잡기에는 너무 커다란 성배를 오른손으로 들고 있었으며, 왼손 손가락 끝으로는 겨우 고삐를 잡고 있었다. 말에게도 그런 불안정한 태도가 전달되었는지, 말 역시 갈아엎은 땅 위로 말굽을 힘차게 내딛지 못하는 것 같았다.

그 카드를 발견한 젊은이는 가까이에 있는 다른 모든 카드들에서 어떤 특별한 의미를 찾아내는 것 같았고, 마치 이쪽에서 저쪽으로 한 줄로 연결하려는 듯이, 탁자 위에 나란히 그것들을 늘어놓았다. '성배 8'과 '막대기 10'과 함께, 장소에 따라서 '사랑' 또는 '연인' 또는 '연인들'로 불리는 아르카눔 카드를 내려놓는 동안, 그의 얼굴에서 읽을 수 있는 슬

푼 표정은 가슴속의 어떤 번민을 생각나게 했는데, 가령 후 끈 달아오른 결혼 피로연장에서 일어나 숲 속으로 바람을 쐬 러 가도록 만든 번민 같은 것이었다. 아니면 결혼 피로연을 아예 내팽개치고, 바로 자신의 결혼식 날에 숲 속으로 새처 럼 날아가게 만든 번민인지도 모른다.

아마도 그의 삶에는 두 여인이 있었고, 그는 둘 중 누구 도 선택하지 못한 듯했다. 그림은 바로 그런 모습을 표현하 고 있었다. 아직 금발의 젊은이가 두 명의 여성 라이벌 사이 에 있다. 한 여인은 탐욕스러운 시선으로 그를 응시하면서 한쪽 어깨를 붙잡고 있고, 다른 여인은 나른한 몸짓으로 그 를 쓰다듬고 있는데, 그는 어느 쪽으로 몸을 돌려야 할지 모 른다. 두 여인 중 누가 자신의 신부로 적합할지 결정하려고 할 때마다, 그는 다른 여인을 충분히 포기할 수 있다고 확신 했고, 따라서 앞의 여인을 더 좋아한다는 것을 깨달을 때마 다 다른 여인을 체념할 수 있었다. 그런 생각의 흔들림 속에 서 유일하게 확실한 것은, 이 여인이든 저 여인이든 없어도 상관없다는 것이었는데, 모든 선택은 하나의 뒤집기, 즉 하 나의 포기를 내포했으며, 따라서 선택하는 행위와 포기하는 행위가 크게 다르지 않았기 때문이다.

그렇게 막다른 골목에 부딪힐 때마다 그가 벗어나기 위 해 할 수 있는 일은 여행뿐이었다. 이제 젊은이가 탁자 위에 올려놓을 카드는 분명히 '전차'일 것이다. 말 두 마리가 화려 한 마차를 끌고 숲 속의 울퉁불퉁한 오솔길을 가는데, 말들 이 마음대로 가도록 놔두는 것이 습관인 듯 그는 손에서 고삐를 놓고 있으며, 따라서 갈림길에 도착해서 선택을 하는 것은  그가 아니다. '막대기 2'는 두 길의 교차로를 표시한다. 두 마 리 중 한 마리는 이쪽으로, 또 한 마리는 저쪽으로 가려고 한 다. 바퀴들은 각자 너무나도 어긋나게 그려져 있어서 마치 길 과 직각을 이루는 것처럼 보이는데, 마차가 멈추어 있다는 증 거이다. 설사 움직일 수 있는 상태라 하더라도 차라리 멈추어 있는 게 더 나을지도 모른다. 자기 앞에 매끄럽고 빠른 길이 곧게 펼쳐져 있어서 아무리 높다란 기둥 위든, 계곡 위든 얼마 든지 날아갈 수 있고, 화강암 산을 꿰뚫고 갈 수 있으며, 어디 든 자유롭게 갈 수 있는 많은 사람들이 대부분 그러하듯이, 그 역시 어디를 가든 항상 똑같았기 때문이다. 그렇게 우리는  의기양양하게 마차를 몰고 가는 사람이, 마치 자기 자신의 주 인인 양 위장된, 단호한 자세로 인쇄되어 있는 것을 보았다. 하 지만 그는 망토 위에 있는, 서로 다른 쪽을 바라보는 두 개의 가면처럼 분열된 자신의 마음을 언제나 뒤에 끌고 다녔다.

어느 길을 갈 것인지 선택하기 위해서는 운명에 의존하  는 수밖에 없었다. '동전의 시종'은 젊은이가 허공으로 동전 을 던졌음을 표현하고 있다. 앞면인가, 뒷면인가? 아마 앞면 도 뒷면도 아니고, 동전은 계속 굴러가다가, 바로 두 길이 만 나는 지점 한가운데에 있는 어느 늙은 떡갈나무 발치의 덤 불 속에 똑바로 섰던 모양이다. '막대기의 에이스'로 젊은이 가 우리에게 이야기하고 싶었던 것은 분명 그런 내용이었을 것이다. 이쪽으로 갈지, 저쪽으로 갈지 결정할 수 없는 상황 에서 그는 마차에서 내려와 매듭 많은 나무 몸통 위로 기어 올라가는 수밖에 없었는데, 두 갈래로 갈라지는 나뭇가지들은 계속해서 그에게 선택의 고통을 부여했다.

한 나뭇가지에서 다른 나뭇가지로 올라가면서 그는 최소한 전보다는 먼 곳을 바라보고, 길이 어디로 이어지는지 알 수 있을 것으로 기대했다. 하지만 발아래로는 나뭇잎들이 너무 빽빽해서 땅바닥이 보이지 않았고, 나무 꼭대기를 향해 눈을 들면 '태양'이 나뭇잎을 온갖 색깔로 빛나게 만드는 강렬한 햇살을 발산하여 아무것도 볼 수 없었다. 그런데 타로 카드에서 보이는 그 두 어린이가 무엇을 표현하는지에 대해서도 설명해야 할 것 같다. 아마 위를 바라본 젊은이가 나무 위에 자기 혼자만 있는 게 아니라는 사실을 깨달았다는 의미일 것이다. 두 개구쟁이가 그보다 먼저 나뭇가지 위로 올라갔던 것이다.

두 아이는 쌍둥이처럼 보였다. 생김새가 완전히 똑같았고, 맨발에다 금발이었다. 젊은이는 이렇게 물었을 것이다. "너희 둘, 여기에서 뭘 하고 있니?" 아니면 "꼭대기까지 얼마나 남았지?" 그러자 쌍둥이는 혼란스러운 몸짓으로 그림의 지평선에 태양의 빛살 아래 보이는 것, 그러니까 어느 도시의 성벽을 가리켰다.

하지만 나무에서 볼 때 그 성벽은 어디에 위치하고 있었을까? '성배의 에이스'는 바로 수많은 탑과 뾰족탑과 미나레트[41]와 돔 들이 성벽 밖으로 솟아 있는 어느 도시를 표현

---

41 이슬람교에서 신도를 부르기 위해 모스크에 세운 탑.

했다. 또한 야자나무 잎사귀, 꿩의 날개, 푸른 정갱이의 지느
러미 들도 있는데, 그것은 분명히 도시의 정원, 새장, 수족관
들에서 삐져나온 것이며, 우리는 두 개구쟁이가 그 한가운
데로 달려가 사라지는 모습을 상상할 수 있다. 그리고 이 도
시는 어느 피라미드의 꼭대기에서 균형을 잡고 있는 것 같
은데, 그 피라미드는 커다란 나무의 꼭대기일 수도 있다. 말
하자면 그것은 새들의 둥지처럼 가장 높은 나뭇가지 위에
떠 있으며, 다른 나무의 꼭대기에서 자라는 일부 식물의 공
중 뿌리들처럼 허공에 매달린 토대 위에 세워진 도시일 수
도 있다.

　카드를 내려놓은 젊은이의 손길은 더욱 느려지고 불확
실했으며, 우리는 각자의 추측들과 함께 그의 뒤를 쫓아가
며, 분명히 그의 머릿속에서 맴돌았을 질문들을 침묵 속에
서 충분히 곱씹어 볼 수 있었다. 가령 그는 이런 질문들을 떠
올렸을 것이다. "도대체 이게 무슨 도시지? '모든 것의 도시'
인가? 모든 부분이 합쳐지고, 선택들이 균형을 이루고, 삶에
서 우리가 기대하는 것과 실제로 우리에게 일어나는 것 사
이의 공백이 채워지는 도시인가?"

　그런데 도시에서 젊은이는 누구에게 물어볼 수 있었을
까? 젊은이는 성벽의 아치문을 통해 안으로 들어갔고, 저쪽
끝에 높다란 계단이 있는 어느 광장으로 갔는데, 계단 꼭대
기에는 왕처럼 보이는 인물, 옥좌에 앉아 있는 신, 또는 왕관
을 쓴 천사가 앉아 있었다고 상상해 볼 수 있다.(그의 등 뒤로
두 개의 돌출물이 보이는데, 옥좌의 등받이처럼 보이기도 하지만, 서

틀게 모사된 한 쌍의 날개로 보이기도 한다.)

"이 도시가 당신의 것입니까?" 젊은이는 물었을 것이다.

"너의 도시다." 그보다 좋은 대답이 또 있을까? "여기에서 너는 원하는 것을 얻을 것이다."

그렇게 갑작스러운 상황에서 그가 분별력 있는 욕망을 표현하기란 쉬운 일이 아니었다. 그 위까지 올라가느라고 몹시 더웠던 그는 겨우 이런 말을 했을 것이다. "목이 마르군요!"

그러자 옥좌의 천사가 황량한 광장에 펼쳐져 있는 두 개의 똑같은 우물을 가리키면서 말했다. "너는 어느 우물에서 마실 것인지 결정하기만 하면 된다."

젊은이가 또다시 길을 잃은 듯한 기분을 느꼈다는 것은 보기만 해도 충분히 이해할 수 있었다. 왕관을 쓴 권위자는 이제 하늘 높은 곳의 천칭자리에서 결정과 균형을 관장하는 천사의 속성인 저울과 검을 휘두르고 있다. 그러니까 '모든 것의 도시'에서도 오직 선택과 거부, 한쪽을 받아들이고 다른 한쪽을 포기해야 한단 말인가? 젊은이는 차라리 올 때처럼 그대로 가 버리는 게 나았을지도 모른다. 하지만 몸을 돌린 그는 광장 양쪽에서 서로 마주 보고 있는 두 개의 발코니에서 '여왕' 두 명이 모습을 드러내고 있는 것을 보았다. 그리고 자기가 끝내 선택하지 못했던 두 여인을 봤다는 것을 깨달았다. 그녀들은 그곳에서 그가 도시 밖으로 나가지 못하도록 감시하고 있는 것 같았다. 사실 둘 다 검을 빼 들고 있었는데, 한 여인은 오른손에, 다른 여인은 분명히 대칭을 이루듯이 왼손에 들고 있었다. 아니, 한 여인이 들고 있는 것은
의심할 바 없이 칼이었지만, 다른 여인이 들고 있는 것은 거
위의 깃털, 또는 접힌 컴퍼스, 어쩌면 피리나 종이칼일 수도
있었다. 결국 그 두 여인은 아직 자기 자신을 발견해야 하는
사람 앞에 펼쳐진 두 개의 길을 가리키고 있었다. 그러니까
열정의 길은 언제나 사실의 길이고 공격적이고 단호하며, 지
혜의 길은 깊이 생각하고 천천히 배울 것을 요구한다.

　카드를 배치하고 가리키는 젊은이의 손은 때로는 그 순
서에서 동요하고 어긋나는 것처럼 보였고, 때로는 이미 게임
에 사용한 모든 타로 카드를 다른 게임을 위해 간직하는 것
이 더 좋았을 뻔했다고 후회하는 듯 비틀렸다. 또 때로는 힘
없는 무관심의 몸짓으로 처지기도 했다. 마치 '성배'들이 한
벌의 카드 안에서 똑같이 반복되는 것처럼, 동일함의 세계에
서는 대상과 운명 들이 상호 교환될 수는 있지만 변화될 수
는 없는 상태로 당신의 눈앞에서 흩어져 버리는 것처럼, 모
든 타로 카드와 모든 우물이 똑같으며, 결정한다고 믿는 사
람은 결국 착각하게 된다는 것을 의미하는 것 같았다.

　그의 몸에 있는 갈증은 이 우물로도 저 우물로도 채울
수 없다는 것을 어떻게 설명할 것인가? 그가 원하는 것은 바
로 모든 우물과 모든 강의 물이 흘러 들어가고 뒤섞이는 저
수지였으며, '별' 또는 '별들'이라 일컫는 아르카눔에 묘사된
바다였다. 그 그림에서는 엄청나게 낭비된 풍부함과 뒤섞임
의 승리로서 생명의 기원인 물을 찬양하고 있었다. 어느 벌
거벗은 여신이 목마른 사람을 위해(주위에는 온통 햇살이 내리

쬐는 사막의 노란 모래 언덕이다.) 어떤 시원한 즙액이 담겨 있는
지 알 수 없는 항아리 두 개를 들고 있으며, 항아리를 뒤집어
조약돌에 뒤덮인 기슭에 쏟아붓고 있다. 바로 그 순간 범의
귀 한 포기가 사막 한가운데에서 자라났고, 두툼한 잎사귀
들 사이에서 지빠귀 한 마리가 노래를 했다. 생명은 부서지
는 질료의 낭비이고, 바다라는 거대한 솥은, 여기 우윳빛 하
늘에서도 명백하게 드러나듯이, 수천억 년 전부터 계속하여
폭발의 절구 안에서 원자들을 빻고 있는 별자리들에서 일어
나는 일을 반복하고 있을 뿐이다.

젊은이가 탁자 위에 이 카드를 내던지는 태도에서 우리
는 그가 이렇게 외치는 소리를 듣는 것 같았다. "바다! 내가
원하는 것은 바다야!"

"그렇다면 너는 바다를 갖게 될 것이다!" 천체의 권능이
들려주는 대답은 천재지변을 예고했다. 대양의 수위가 버려
진 도시를 향해 높아져, 금방이라도 덮칠 듯한 '달'을 향해
울부짖으면서 고지대로 피한 늑대들의 발을 적셨고, 그동안
갑각류의 군대는 지구를 재정복하기 위해 심연의 바닥으로
부터 전진해 나왔다.

번개가 나무 꼭대기를 쳤고, 허공에 매달린 도시의 모
든 성벽과 '탑'들을 무너뜨리면서 더욱더 끔찍한 광경을 비
춰 주었다. 젊은이는 느린 몸짓과 겁에 질린 눈빛으로 카드
한 장을 펼쳐 우리에게 보여 주었다. 국왕처럼 대화를 나누
던 상대방이 왕좌에서 일어나면서 더 이상 알아볼 수 없는
모습으로 변했던 것이다. 등 뒤에 펼쳐진 것은 천사의 날개

가 아니라, 하늘을 어둡게 가리는 두 개의 박쥐 날개였고, 무
표정하던 두 눈은 사팔뜨기에다 삐뚤어졌고, 왕관에서는 가
지 달린 뿔이 솟아났고, 망토가 떨어지면서 벌거벗은 자웅
동체의 몸이 드러났으며, 손과 발에서는 날카로운 발톱이 솟
아났다.

"그런데 당신은 천사가 아니었나요?"

"나는 선(線)들이 갈라지는 지점에서 살고 있는 천사이
다. 누구든지 분리된 것으로 올라가는 자는 나를 만나고, 누
구든지 모순의 바닥으로 내려가는 자는 나와 부딪치고, 분
리된 것을 다시 뒤섞는 자는 막(膜)으로 된 내 날개가 자기
뺨에 스치는 것을 느낄 것이다!"

그의 발치에는 태양의 두 쌍둥이 아이가 다시 나타났는
데, 그 둘은 뿔, 꼬리, 깃털, 발톱, 비늘과 함께 사람이면서 동
시에 동물의 모습을 한 창조물로 변해 버렸으며, 두 개의 길
고 가는 줄 또는 탯줄로 그 맹금류 같은 존재와 연결되어 있
었다. 똑같은 방식으로 분명히 그들 각자는 그림 밖에 있는
다른 두 명의 더 작은 꼬마 악마들을 목 끈으로 붙잡고 있을
것이며, 그리하여 나뭇가지에서 나뭇가지로 길고 가는 줄들
의 그물이 펼쳐졌고, 집박쥐, 올빼미, 후투티, 나방, 말벌, 각
다귀 등 점점 크기가 작아지는 검은 날개들의 퍼덕임 속에
서 마치 거대한 거미줄처럼 바람에 흔들렸다.

바람인가? 아니면 파도인가? 카드의 구석에 그려져 있
는 선들은 거대한 밀물이 이미 나무 꼭대기를 뒤덮고 있으
며, 해초와 촉수 들의 물결 속에서 모든 식물이 분해되었음

을 말하는 것일 수도 있다. 이것이 선택할 줄 모르는 사람의 선택에 대한 응답이었다. 이제 정말로 바다를 얻게 되자, 그는 거꾸로 곤두박질해 그 속으로 뛰어들어, 심연의 산호들 사이에서 대롱거렸다. 그는 대양의 불투명한 표면 아래에 잠겨 떠다니는 모자반들에 발이 묶인 '매달린 사람'이 되었고, 녹색의 파래 머리카락으로 울퉁불퉁한 바다 밑바닥을 쓸고 있었다.(그러니까 이것이 별로 믿을 만한 용어는 아니지만, 유명한 천리안 소소스트리스 부인[42]이 로이즈[43]에서 일하던 높은 관리의 개인적이고 일반적인 운명을 예언하면서, 익사한 페니키아 선원[44]을 알아보았던 바로 그 카드인가?)

만약 그가 원한 것이 오로지 개인적인 제한, 범주, 역할을 벗어나, 분자들 속에서 울려 퍼지는 천둥소리, 최초이자 마지막 물질들이 뒤섞이는 소리를 듣는 것이었다면, '세계'라 일컫는 아르카눔을 통해 그 앞에 펼쳐진 길은 이런 것이었다. 베누스가 식물들의 하늘에서 화관에 둘러싸여 춤을 추고 있으며, 그 주위를 제우스의 여러 변신한 모습들이 둘러싸고 있다. 모든 종과 모든 개인, 인류의 모든 역사는 변화와 진화의 연쇄 사슬에서 하나의 고리에 불과하다.

그로서는 동물의 삶이 진화하고, 또한 어디가 위쪽이고 어디가 아래쪽인지 전혀 말할 수 없는 '수레바퀴'의 거대한

---

42 Madame Sosostris, famous clairvoyante. 엘리엇(Thomas Stearns Eliot, 1888~1965)의 유명한 시 「황무지」에 나오는 구절이다. 여기에서 소소스트리스 부인은 바로 타로 카드로 미래를 예언하고 점을 친다.

43 엘리엇은 1917년 로이즈 은행에서 근무한 적이 있었다.

44 The drowned Phoenician Sailor. 역시 「황무지」에 나오는 구절이다.

회전, 또는 부패의 과정을 거치는 훨씬 더 큰 회전, 원소들이 녹아 있는 지구 중심까지의 하강, 타로 카드들을 뒤섞고 마치 최종적인 지진의 아르카눔처럼 파묻힌 층들을 드러내는 대재난을 기다리는 것을 끝내는 일만이 남았다.

손의 떨림, 때 이른 백발은 그 불행한 동료 여행자가 겪은 일을 희미하게나마 보여 주는 흔적이었다. 바로 그날 밤 그는 자신의 최초 원소들로 잘게 썰어졌으며('검'들), 지구의 모든 시기를 거쳐 화산 분화구('성배'들) 속으로 들어갔으며, 수정('동전'들)의 결정적인 부동성 속에 포로로 붙잡혀 있을 위험에 처했으며, 뾰족하게 싹트는 숲('막대기'들)을 통해 생명으로 다시 나타났고, 마침내 '동전의 기사'와 똑같이 말을 타고 있는 고유의 인간 모습을 되찾게 되었던 것이다.

하지만 정말로 그인가, 아니면 자기 자신으로 복원되는 순간 숲에서 나오는 모습을 본 자신의 복제 인간인가?

"너는 누구냐?"

"나는 네가 선택하지 않았을 여인과 결혼했어야 하는 사람이고, 갈림길에서 다른 길을 갔어야 하며, 다른 우물에서 갈증을 풀었어야 하는 사람이다. 너는 선택을 하지 않음으로써 나의 선택을 방해했지."

"너는 지금 어디로 가고 있지?"

"네가 가게 될 여관과는 다른 여관으로 간다."

"어디에서 너를 다시 보게 될까?"

"네가 매달릴 교수대와는 다른 교수대에서. 잘 가라."

복수하는 숲의 이야기

이야기의 가닥이 뒤엉켰는데, 그 이유가 하나의 카드를 다른 카드와 조합하기가 어려웠기 때문만은 아니다. 젊은이가 다른 카드 옆에 새 카드를 놓으려고 할 때마다 열 개의 손이 뻗어 나왔고, 그에게서 카드를 빼앗아 각자가 구상하는 다른 이야기 속에 끼워 넣으려고 했기 때문이다. 그래서 어느 순간 카드들이 주변 사방으로 빠져나갔고, 그는 손과 팔뚝, 팔꿈치로 카드들을 붙들고 있어야 했으며, 따라서 자기가 서술하는 이야기를 이해하려고 노력하는 사람에게도 카드를 감추었다. 다행히도 뻗어 나온 손 중에는 늘어선 카드를 지키는 데 도움을 주고자 하는 손도 있었다. 그 손은 크기나 무게가 다른 손의 세 배나 되었고, 그에 비례하여 손목이나 팔도 크고 탁자 위에서 휘두르는 힘이나 단호함도 컸기 때문에, 결국 우유부단한 젊은이가 지키는 데 성공한 카드는 바로 그 미지의 거대한 손이 보호한 카드들이었다. 그것은 그의 우유부단한 이야기에 대한 관심에서라기보다 그 카드들 중 일부가 우연히 배열되면서, 누군가가 자기 마음속에 있는 이야기, 말하자면 자기 자신의 이야기를 알아보았기 때문에 행해진 보호였다.

그것은 어느 사람, 아니 어느 여인의 이야기였다. 왜냐하면 크기는 차치하고라도 그 손가락과 손과 손목과 팔의 형태는, 토실토실하고 균형 잡힌 아가씨의 여성스러운 손가락과 손과 손목과 팔과는 구별되는 형태였기 때문이다. 실제로 그 손과 팔을 거슬러 올라가니 어느 거인 아가씨의 형상이 나타났다. 그녀는 조금 전까지만 해도 우리 사이에 얌전하게 앉아 있었는데, 갑자기 소심함을 접고 움직이기 시작하더니 팔꿈치로 옆 사람들의 가슴을 밀쳐 의자에서 벌러덩 넘어지게 만들었다.

우리의 시선은, 수줍음 때문인지 아니면 분노 때문인지 빨개진 그녀의 얼굴 쪽으로 올라갔다가 '막대기의 여왕'을 향해 아래로 내려왔는데, 희고 풍성한 머리카락에 둘러싸인 단단하고 소박한 모습과 도발적인 태도가 그녀와 많이 닮아 보였다. 그녀는 탁자를 내리치는 주먹 같은 손가락으로 그 카드를 가리켰고, 두툼한 그녀의 입술에서 나오는 신음 소리는 이런 말을 하는 것 같았다.

"그래요. 이게 바로 나예요. 그리고 이 빽빽한 '막대기'들은 아버지가 나를 길러 주신 숲이에요. 아버지는 문명 세계에서는 전혀 좋은 것을 기대할 수 없다고 생각하여, 인간 사회의 사악한 영향으로부터 나를 멀리 떼 놓기 위해 이 숲에서 '은둔자'가 되셨지요. 나는 멧돼지나 늑대와 놀면서 '힘'을 길렀고, 동물과 식물이 끊임없이 찢기고 잡아먹히며 사는 이 숲에도 하나의 법칙이 지배한다는 것을 배웠어요. 그러니까 들소든 인간이든 또는 콘도르든, 적절한 때에 멈출 줄 모르는 힘은 자기 주위를 황량하게 만들고, 그 자리에서 죽어 가죽을 남김으로써, 개미와 파리 들의 방목장 역할을 하게 된다는 법칙이지요……."

옛날 사냥꾼들은 잘 알고 있었지만 오늘날에는 아무도 기억하지 않는 그 법칙은, 야수를 길들이는 아름다운 여인이 손가락 끝으로 사자의 아가리를 찢고 있는 무자비하지만 절제된 몸짓에서 찾아볼 수 있었다.

야생동물들과 가깝게 지내면서 성장한 그녀는 사람들과 어울리는 자리에서도 야생적이었다. 그녀는 달리는 말의 발굽 소리를 들었고, 숲 속 오솔길로 어느 멋진 '기사'가 지나가는 것을 보고는 덤불 사이에서 그를 훔쳐보았고, 그러다가 깜짝 놀라 달아났고, 그다음에는 그를 시야에서 놓치지 않기 위해 지름길로 달려갔다. 그리고 그를 '매달린 사람'으로 다시 발견했는데, 길목의 산적이 나뭇가지에 발을 묶어 매달고 그의 호주머니에서 마지막 동전 한 푼까지 털고 있었다. 숲 속의 거인 아가씨는 생각할 겨를도 없이 곤봉을 휘두르면서 산적에게 달려들었고, 그 결과 산적의 뼈와 힘줄과 관절과 연골이 마른 나뭇가지처럼 부서져 튀었다. 여기에서 우리는 그녀가 멋진 젊은이를 나무에서 내렸고, 마치 사자들이 그러하듯이 그의 뺨을 핥아서 소생시켰을 것이라고 추정했다. 그녀는 멜빵에 달고 다니던 통에서 자기만 아는 제조 비법으로 만든 음료수 두 잔('성배 2')

을 따랐는데, 그것은 발효된 노간주나무 열매의 즙과 염소의 신 우유 같은 것이었다. 기사는 자신에 대해 이렇게 소개했다. "나는 황제의 외아들이며 제국을 물려받을 왕자입니다. 당신은 나를 구해 주었어요. 내가 어떻게 보상할 수 있을지 말해 봐요."

그녀는 말했다. "여기 남아서 나와 함께 잠시 놀아요." 그러고는 철쭉 덤불 사이로 숨었다. 그 음료수는 강력한 최음제였다. 그는 그녀를 뒤쫓았다. 이야기꾼 여인은 마치 수줍은 암시처럼 재빠르게 우리의 눈앞에 아르카눔 '세계'를 보여 주려고 했다. "……그 놀이에서 나는 곧 처녀성을 잃었지요……." 하지만 그림은 그녀의 벌거벗은 몸이 어떻게 젊은이 앞에 드러나 사랑의 춤으로 변화했는지, 그리고 그 춤이 한 바퀴 돌 때마다 젊은이가 어떻게 그녀에게서 새로운 장점을 발견했는지를 남김없이 보여 주었다. 그녀는 암사자처럼 강했고, 독수리처럼 당당했고, 암소처럼 자애로웠고, 천사처럼 부드러웠다.

왕자의 열망은 그다음 카드 '연인'에 의해 확인되었는데, 그것은 혼란스러운 상황을 조심하라고 경고하는 카드이기도 했다. 사실 젊은이는 이미 결혼했고, 그의 합법적인 배우자는 그가 떠나게 놔둘 의도가 전혀 없었다.

"숲에서는 법적 족쇄들이 중요하지 않아요. 당신은 나와 함께 여기 남아서 궁전과 궁전의 예절, 음모를 잊어버리세요." 아가씨는 그에게 그런 제안, 또는 그와 유사한, 분별력 있는 제안을 했을 것이다. 하지만 그것은 왕자들에

겐 나름의 원칙이 있을 수 있다는 것을 고려하지 않은 제안이었다.

"나를 첫 번째 결혼에서 풀려나게 해 줄 수 있는 이는 '교황'뿐이오. 당신은 여기에서 나를 기다려요. 내가 가서 서둘러 해결하고 돌아오겠소." 그리고 젊은이는 자신의 '전차'에 올라타고 떠났는데, 뒤도 돌아보지 않았고, 그녀에게 소박한 금액('동전 3')만 건넸을 뿐이다.

버림받은 그녀는 '별'들이 몇 바퀴 회전한 후 산고를 느꼈다. 그녀는 몸을 이끌고 어느 개울가로 갔다. 숲 속의 암컷 야수들은 도움 없이도 출산할 줄 아는데, 그녀 역시 그들에게서 그 방법을 배웠다. 그녀는 '태양'의 빛살 아래 쌍둥이를 낳았고, 아기들은 너무나 튼튼하여 곧장 두 다리로 일어섰다.

"내 아들들과 함께 직접 '황제' 앞에 가서 '정의'를 요구하겠어. 그러면 나에게서 자기의 진정한 신부와 그 후손의 어머니를 알아볼 거야." 그런 의도를 갖고 그녀는 도시를 향해 출발했다.

그녀는 계속해서 걸어 나갔고, 숲은 끝이 없었다. 그러다 그녀는 마치 '광대'처럼 늑대들에게 쫓겨 달아나는 사람을 만났다.

"불쌍한 여인이여, 어디로 갈 수 있다고 생각하나요? 더 이상 도시도 없고, 제국도 없어요! 길들은 이제 더 이상 어디로도 인도하지 않아요! 보세요!"

노랗게 말라비틀어진 풀과 사막의 모래가 도시의 아스

팔트와 보도를 뒤덮고 있었고, 둔덕 위에서는 자칼들이 울부짖고 있었으며, '달' 아래에 버려진 궁전에는 창문들이 텅 빈 눈구멍처럼 열려 있었고, 지하실과 저장고에서는 쥐와 전갈이 쏟아져 나왔다.

그렇지만 도시는 죽은 것이 아니었다. 기계와 모터와 터빈은 붕붕거리며 계속 진동했고, '수레바퀴'의 톱니는 모두 다른 수레바퀴들과 맞물려 돌아갔고, 객차는 계속 철로 위를 달렸고, 신호는 전선 위를 달렸다. 그렇지만 전달하거나 전달받는 사람, 채우거나 비우는 사람은 아무도 없었다. 오래전부터 인간 없이도 스스로 돌아갈 줄 알게 된 기계들이 마침내 인간들을 내쫓았던 것이다. 그리고 야생 동물들이 오랜 망명 끝에 돌아왔고, 빼앗겼던 숲의 영토를 다시 점령했다.

여우와 담비 들이, 기압계, 레버, 계량기, 도표가 가득한 계기판 위로 부드러운 꼬리를 뻗고 있었으며, 오소리와 다람쥐 들이 발전기와 배터리 위에서 즐겁게 놀고 있었다. 전에는 인간이 필요했지만, 지금은 그렇지 않았다. 세계가 세계로부터 정보를 받고 그것을 즐기기 위해서는 이제 컴퓨터와 나비만으로도 충분했다.

토네이도와 태풍의 연쇄 폭발로 고삐가 풀린 지구의 힘은 그런 식으로 보수를 하고 있었다. 그리고 이미 멸종되었다고 여겨지던 새들이 무수하게 늘어났고 온 사방에서 귀를 먹먹하게 하는 소리를 내며 떼 지어 내려왔다. 지하 동굴로 피신했던 인간들은, 밖으로 나오려 하다가 새들의 날개 때문에 하늘이 빽빽한 담요에 덮인 듯 어두워진 것을 발견했다. 사람들은 타로 카드에 표현된 '심판'의 날을 알아보았다. 그리고 또 다른 카드의 예고가 실현되었는데, 바로 깃털 하나가 니므롯[45]의 탑을 무너뜨리는 날이 올 것이라는 예고였다.

---

45 「창세기」 10장 8~12절에서 언급되는 메소포타미아의 군주이며, 다양한 전설과 민담의 주인공이다. 특히 그는 바벨탑의 건축과 밀접하게 관련되어 있는 것으로 알려져 있다.

살아남은 전사의 이야기

숲 속의 여인은 자기 일을 잘 알고 있었지만, 그렇다고 해서 그녀의 이야기가 다른 이야기보다 따라가기 쉬웠던 것은 아니다. 왜냐하면 카드는 말해 주는 것보다 감추는 것이 더 많았으며, 한 카드가 조금이라도 더 많은 것을 말하면, 곧바로 다른 손들이 그 카드를 자기 쪽으로 끌어당겨 다른 이야기 속에 끼워 넣으려고 했기 때문이다.  가령 어떤 사람이 자기에게만 속하는 것처럼 보이는 카드로 나름의 이야기를 시작하던 중에, 갑자기 결론이 곤두박질하여 똑같은 파국적 그림들로 끝나는 다른 이야기의 결론과 중복되기도 했다.

예를 들어 전쟁에 참전 중인 장교 같은 분위기를 풍기며 '막대기의 기사'에서 자신의 모습을 확인한 한 사람은, 그 카드를 모두에게 돌려 보여 주었다. 막사에서 떠나던 그날 아침, 자기가 장식 천을 덮은 멋진 말을 타고 있었으며, 정강이받이의 죔쇠는 치자나무 꽃 한 송이로 장식되어 있고, 갑옷의 눈부신 금속판으로 장식된 멋진 제복을 입고 있었다는 것을 보여 주기 위해서였다. 그는 이렇게 말하는 것 같았다. 자신의 진정한 모습은 바로 그러했고, 지금 우리가 보고 있는 대로 옷차림도 볼품없고 다리도 다친 모습을 하고 있는 것은 이제부터 들려주려 하는 무서운 모험 때문이었다고 말이다.

하지만 잘 살펴보면 그 초상화는 그의 현재 모습에 상응하는 요소들도 갖고 있었다. 가령 하얀 머리카락, 멍한 눈, 부러진 채 몽둥이가 되어 버린 창이 그랬다. 창의 한 토막이 아니었다면(게다가 그는 그것을 왼손으로 들고 있다.) 그것은 아마도 둥글게 만 양피지, 적의 전선을 넘어가 전달하라고 명령받은 통신문이었을 것이다. 그가 참모 장교이며, 자기 군주나 사령관의 본부에 도착하여 전투 결과를 좌우할 급한 문서를 건네주라는 명령을 받았다고 가정해 보자.

전투는 격렬해졌다. 그 기사는 결국 전투의 한복판에 있게 되었다. 적의 칼이 '검 10'처럼 하나하나 길을 가로막았다. 전투에서 권장되는 싸움의 방법은 두 가지이다. 한가운데로 뛰어들어 닥치는 대로 칼을 휘두르거나, 아니면 모든 적 중에서 가장 적당해 보이는 적을 선택하여 그에게만 집중하는 것이다. 우리의 참모 장교는 '검의 기사'가 자신을 향해 마주 달려오는 것을 보았는데, 사람과 말의 차림새가 다른 적들보다 두드러지게 우아해 보였다. 그의 갑옷은, 주위에서 보이듯 어울리지 않는 조각을 한데 모아 놓은 다른 갑옷들과는 달리 사소한 부분까지 완벽했고, 투구에서 허벅지 가리개까지 완벽하게 보랏빛 파란색을 띠고 있었으며, 그것을 배경으로 황금빛 가슴 가리개와 정강이 보호대가 두드러져 보였다. 발에는 말의 덮개 천처럼 빨간색 능직(綾織) 신
발을 신고 있었다. 비록 땀과 먼지로 뒤범벅이 되어 있었지
만 얼굴 모습은 섬세했다. 그는 커다란 칼을 왼손으로 들고
있었는데, 그것은 간과할 수 없는 세부 사항이었다. 왼손잡
이는 무서운 적이다. 하지만 우리의 장교도 왼손으로 몽둥이
를 휘둘렀고, 따라서 둘 다 왼손잡이였고 무서웠으며, 서로
에게 어울리는 경쟁자였다.

　작은 나뭇가지와 도토리와 작은 잎사귀와 꽃봉오리 들
의 소용돌이 한가운데에서 뒤엉킨 '검 2'는, 두 사람이 둘만
의 결투를 위해 따로 떨어져 나왔으며, 검의 내려치기와 휘
두르기에 주변 식물이 잘려 나갔음을 말해 준다. 우리의 장
교가 보기에 자줏빛 기사의 팔은 처음에는 강하기보다 빠
른 것 같았고, 온몸을 던져 덤벼드는 것만으로도 그를 충분
히 압도할 것처럼 보였지만, 오히려 상대가 칼등으로 위에서
정신없이 내리치며 자신을 못처럼 땅바닥에 박아 버릴 기세
였다. 말들은 이미 뱀처럼 구부러진 칼들이 흩어진 땅바닥
에 거북이처럼 거꾸로 뒤집힌 채 허공에 발길질을 해 댔고,
여전히 저항 중인 자줏빛 기사는 말처럼 강했고, 뱀처럼 잘
피했고, 거북이처럼 단단했다. 결투가 격렬해질수록 둘은 각
자의 유능함을 더욱 자랑할 수 있었고, 자신이나 적에게서
예상치 못한 새로운 능력을 발견하는 즐거움을 크게 맛보
았으며, 그리하여 서서히 그 안으로 춤의 우아함이 스며들
게 되었다.

　결투하는 동안 우리의 주인공은 자신의 임무를 잊어버

렸는데, '심판' 또는 '천사'라고도 일컫는 아르카눔에서 심판의 천사가 부는 것 같은 나팔 소리가 숲 위쪽 높은 곳으로부터 들려왔다. 바로 '황제'의 충실한 부하를 불러 모으는 상아 나팔 소리였다. 심각한 위험이 황제의 군대를 위협하고 있는 게 분명했다. 참모 장교는 더 이상 지체하지 않고 군주를 도우러 달려가야 했다. 하지만 그의 명예와 그의 즐거움이 달려 있는 결투를 어떻게 중단할 수 있을까? 가능한 한 빨리 결투를 끝내야 했다. 그리고 나팔 소리를 들은 그는 적과 유지하던 거리를 다시 좁히려고 했다. 그런데 자줏빛 기사는 어디 있지? 그가 잠시 당황한 사이 적이 사라져 버렸던 것이다. 장교는 경고의 부름에 응하기 위해, 그리고 동시에 달아나는 적을 뒤쫓기 위해 숲 속으로 몸을 던졌다.

그는 막대기와 덤불과 나뭇가지가 빽빽한 곳 사이를 뚫고 나아갔다. 이야기는 급작스럽게 한 카드에서 다른 카드로 도약하면서 진행되었고, 따라서 어떤 식으로든 단계화할 필요가 있었다. 갑자기 숲이 끝났다. 탁 트인 들판이 적막하게 주위에 펼쳐져 있었다. 그것은 저녁의 그늘 아래 황량해 보였다. 그런데 자세히 살펴보니 사람들이 가득했는데, 한 군데도 빈틈없이 들판을 뒤덮고 있는 무질서한 무리였다. 하지만 그 무리는 땅바닥 표면 위에 발라 놓은 듯 납작했다. 그들 중 두 다리로 서 있는 사람은 아무도 없었다. 모두들 배나 등을 대고 길게 누워 있었고, 짓밟힌 풀잎 위로 더 이상 머리를 들지 못했다.

아직 '죽음'에 의해 경직되지 않은 몇몇 사람은 마치 자기 피의 검은 진창에서 헤엄치는 법을 배우는 듯 팔을 휘저
었다. 여기저기서 손이 하나씩 솟아 나와 끊어져 나간 팔목
을 찾는 양 펼침과 오므림을 반복했고, 다리 하나가 이제 발
목 위로 지탱해야 할 몸도 없이 가벼운 걸음을 옮기려고 시
도했으며, 시종과 군주 들의 머리는 눈가로 기다란 머리카락
을 흘러내리거나 또는 대머리 위의 삐뚜름한 왕관을 바로잡
으려고 노력했고, 턱으로는 먼지를 파헤치거나 자갈을 씹는
일밖에 하지 못했다.

"도대체 황제의 군대에 어떤 파멸이 닥친 것이오?" 우리
의 기사는 아마도 처음 만나는 살아 있는 사람에게 이런 질
문을 던졌을 것이다. 그는 너무 더러운 데다 누더기 차림이
어서 멀리서 보면 타로 카드의 '광대'와 비슷했지만, 가까이
에서 보니 살육의 전쟁터에서 부상을 입고 다리를 절뚝거리
며 달아나고 있는 병사였다.

장교가 들려주는 무언의 이야기 속에서, 그 병사는 거
칠고 귀에 거슬리고 웅얼거리는 목소리를 짜내 말끄트머리
도 잘리고 무슨 말인지 이해하기도 힘든 사투리로 이렇게
말했다. "장교 나리, 어리석은 짓 하지 마세요! 아직 다리
가 달려 있다면 도망쳐요! 판세가 뒤집혔어요! 어디서 나타
난 군대인지는 아무도 몰라요! 듣도 보도 못한 고삐 풀린 마
귀들이에요! 순식간에 갑자기 우리 머리와 목 사이로 덤벼
들었고, 우리는 곧바로 파리들의 먹이가 되었어요! 몸을 숨
겨요, 장교님! 빨리 달아나요!" 그리고 벌써 불쌍한 병사는
멀어졌는데, 찢어진 바지 사이로 부끄러운 곳이 보였고, 그

의 악취에 떠돌이 개들은 형제라도 만난 듯 킁킁거렸다. 그는 등 뒤로 시체들의 호주머니에서 주워 모은 약탈품 꾸러미를 메고 갔다.

그럼에도 우리의 장교는 전진을 멈추지 않았다. 자칼들의 울부짖음을 피하면서, 죽음의 전쟁터 경계선을 정찰했다. '달'의 빛살 아래 어느 나무에서 그는 황금빛 방패와 은빛 '검' 하나를 발견했다. 그리고 그것이 자기 적의 무기임을 알아보았다.

그 옆의 카드에서는 졸졸거리는 물소리가 들렸다. 갈대숲 사이 아래로 개울이 흐르고 있었다. 미지의 기사가 개울가에 멈추어 갑옷을 벗고 있었다. 우리의 장교는 그 순간에 공격할 수 없었다. 그는 기사가 다시 무장을 하고 방어할 수 있을 때까지 길목에서 몸을 숨기고 다스리기로 했다.

갑옷의 금속판에서 하얗고 부드러운 사지가 드러났고, 투구에서는 한 무더기 갈색 머리카락이 풀려나와 등이 굽어지는 곳까지 길게 뒤덮였다. 그 기사는 소녀의 피부, 귀부인의 살, 여왕의 가슴과 배를 갖고 있었다. 바로 '별'빛 아래 개울가에 쭈그려 앉아 저녁 목욕을 하는 여인이었다.

탁자 위에 놓이는 모든 새로운 카드가 이전 카드의 의미를 설명 또는 수정하는 것과 마찬가지로, 그 새로운 발견은 우리 장교의 열정과 의도를 허공으로 날려 버렸다. 이전에는 그의 내부에서 유능한 적에 대한 기사적 경쟁심과 질투와 존경심이, 승리하고 보복하고 압도하고 싶은 절박함과 충돌했는데, 이제는 아가씨의 팔에 의해 궁지에 몰렸다는 부끄러움, 모욕당한 남자의 우월성을 되찾으려는 성급함이, 곧바로
패배를 인정하고, 그 팔에, 그 겨드랑이에, 그 가슴에 붙잡히
고 싶은 열망과 충돌했다.

　이 새로운 충동 중 가장 강한 것은 첫 번째 충동이었다.
만약 남자와 여자의 부분들이 뒤섞여 있다면, 곧바로 카드
들을 다시 섞어서 분배하고, 부당하게 뒤바뀐 질서를 복원
해야 했다. 그 질서 밖에서는 그가 누구인지 또 그에게서 무
엇을 기대할 수 있는지 아무도 말할 수 없기 때문이다. 그 검
은 여자의 속성이 아니라, 부당한 찬탈이었다. 우리의 장교
는 만약에 적이 자기와 같은 성(性)이었다면, 비무장한 그를
기습하는 유리함을 절대로 활용하지 않았을 것이고, 몰래
훔치는 짓은 더더욱 하지 않았을 것이다. 하지만 지금 그는
덤불 사이로 기어가, 매달린 무기로 가까이 갔고, 은밀하게
손으로 검을 잡았고, 나무에서 떼어 냈고, 그리고 달아났다.
'남자와 여자 간의 전쟁에는 규칙도 없고 신의도 없어.' 그는
생각했다. 그리고 불행히도 자기 생각이 얼마나 정확했는지
아직 모르고 있었다.

　숲 속으로 막 사라지려는 순간 그는 자신의 팔과 다리가
붙잡혀 묶이는 것을 느꼈고, 곧 머리를 아래로 하여 '매달린
사람' 신세가 되었다. 개울가의 모든 덤불에서 벌거벗고 목욕
하던 늘씬한 다리의 여인들이 뛰어나왔는데, 마치 '세계' 카
드에서 여인이 나뭇잎 사이의 통로로 돌진해 나오는 것 같
았다. 그들은 바로 거인 여자 무사들의 부대였고, 전투가 끝
난 후 번개 같은 암사자처럼 원기를 회복하고 '힘'을 되찾기

위해 물가로 다 같이 모여들었던 것이다. 그녀들은 순식간에 그에게 덤벼들었고, 그를 붙잡았고, 뒤집었고, 잡아챘고, 꼬집었고, 여기저기를 잡아당겼고, 손가락과 혀와 손톱과 이빨로 그를 맛보았다. 아니야, 이러지 마! 너희들 미쳤어? 놔! 지금 나를 어떻게 하려는 것이야? 아니, 거기는 하지 마! 그만, 이러다 죽겠어! 아야, 아야, 제발!

죽은 것으로 간주되어 그 자리에 내버려진 그는, 등불을 들고 전투 장소들을 돌아다니면서 죽은 자의 유해를 수습하고 절단된 사람의 상처를 치료해 주던 '은둔자'의 도움을 받았다. 그 성인이 한 말은 이야기꾼이 떨리는 손으로 탁자 위에 내려놓는 마지막 카드를 통해 추정할 수 있었다. "병사여, 살아남은 것이 당신에게 좋은 것인지 모르겠소. 패배와 살육은 당신 깃발의 부대에만 닥친 것이 아니라오. 심판자 아마조네스 여인들의 부대는 제국들과 군대들을 뒤엎고 살육했고, 지난 일만 년 동안 취약한 남성의 지배에 예속되어 있던 지구의 대륙 위로 퍼져 나가고 있소. 가족 안에서 남자와 여자가 서로 마주 보면서 유지하던 불안정한 휴전은 이제 깨졌지요. 신부와 누이와 딸과 어머니는 이제 더 이상 우리에게서 아버지와 형제와 아들과 신랑을 알아보지 못하고 적으로만 보고 있으며, 모두들 무기를 손에 쥐고 달려가 복수하는 여인들의 부대를 늘리고 있지요. 우리 성(性)을 지켜 주던 단단한 요새들은 하나하나 무너졌고, 어떤 남자도 자비를 허용받지 못했어요. 죽이지 않은 자는 거세했지요. 단지 벌집의 수벌로 선택받은 소수에게는 형벌이 연기되었지만,

자랑하고 싶은 욕망이 달아날 정도로 훨씬 더 가혹한 형벌이 그들을 기다리고 있답니다. 자신이 '남자'라고 믿었던 사람들은 더 이상 살아갈 길이 없습니다. 처벌하는 여왕들이 다음 몇천 년을 지배할 테니까요."

뱀파이어 왕국의 이야기

우리 중 그 끔찍한 카드를 보고도 놀라지 않은 이는 단 한 사람뿐인 듯했다. 아니, 그는 오히려 제13번 아르카눔과 친밀한 사람처럼 보였다. 그는 '막대기의 시종' 카드에 보이는 것처럼 튼튼한 남자였는데, 카드를 나란히 늘어놓음으로써 자신이 매일매일 힘든 일을 하면서 고생하고 있으며, 좁은 오솔길로 분리된 직사각형들이 넓게 펼쳐진 규칙성에 신경 쓰고 있다는 것을 보여 주려 하고 있었다. 때문에, 그림에서 그가 몸을 기대고 있는 나무는 땅속에 박힌 삽의 손잡이이며, 그의 직업은 시체 매장인이라고 생각하는 것은 자연스러운 일이었다.

희미한 불빛 아래서 카드들은 밤의 풍경을 보여 주었다. '성배'들은 쐐기풀 사이로 나란히 늘어선 유골 단지와 관과 무덤처럼 보였고, '검'들은 납 뚜껑에 부딪치는 괭이나 삽 들처럼 금속성으로 울렸고, '막대기'들은 비틀린 십자가처럼 검었고, 황금빛 '동전'들은 도깨비불처럼 깜빡거렸다. 구름이 '달'을 드러내자마자 자칼들이 무덤의 가장자리를 광폭하게 할퀴고, 썩은 잔칫상을 두고 전갈들과 타란툴라 거미들과 다투면서 울부짖는 소리가 들려왔다.

그런 밤의 풍경에서 우리는 왕이 자기 궁전의 광대 또는 난쟁이를 데리고 당황한 표정으로 나아오는 모습을 상상할 수 있었으며(우리는 그런 상황에 정확하게 어울리는 카드 '검의 왕'과 '광대'를 갖고 있었다.) 우연히 매장인이 엿듣게 된 두 사람의 대화를 추정해 볼 수 있었다. 그 시간에 그곳에서 왕은 무엇을 찾고 있었을까? '성배의 여왕' 카드는 왕이 왕비의 흔적을 뒤쫓고 있다는 것을 암시해 주었다. 그녀가 몰래 왕궁에서 나가는 것을 광대가 보았고, 약간은 농담처럼, 또 약간은 진지하게 왕을 설득하여 뒤쫓게 했던 것이다. 밀고자였던 난쟁이 광대는 '사랑'('연인')의 음모를 의심했다. 하지만 왕은 왕비가 하는 모든 것이 '태양'의 빛살 아래 드러날 것이라고 확신했는데, 왕비가 버림받은 아이들을 돌보기 위해 자주 오가는 것이라고 믿었던 것이다.

왕은 천성적으로 낙천주의자였다. 그의 왕국에서는 모든 것이 잘 돌아갔다. '동전'들은 잘 유통돼 투자되었고, 풍요의 '성배'들은 방탕한 고객의 갈증을 채워 주었으며, 거대한 기계 장치의 '수레바퀴'들은 저 혼자 힘으로 밤낮 돌아갔고, '정의'는 카드에서 보이듯이 창구 담당 여직원의 경직된 얼굴 표정처럼 엄격하고 합리적이었다. 왕이 건설한 도시는 수정이나 '성배의 에이스'처럼 다면체였고, 고층 빌딩엔 창문들이 뚫려 있었고, 엘리베이터가 오르내렸고, 고속도로가 왕관처럼 펼쳐졌고, 주차장이 사방에 있었고, 눈부신 지하

도가 개미집처럼 파헤쳐져 있었다. 뾰족탑들은 구름을 내려다보았으며, 금속 도금과 거대한 유리판의 시야를 흐리지 않도록, 유독한 기운들의 어두운 날개는 땅의 내장 속에 파묻어 두고 있는 도시였다.

그러나 광대는 입을 열 때마다 비웃음과 농담 사이에서 의혹과 중상모략과 걱정거리와 경고의 씨앗을 뿌렸다. 그가 보기에 그 거대한 기계 장치는 지옥의 짐승들에 의해 돌아가고 있으며, 성배-도시 아래로 삐져나오는 검은 날개들은 내부에서 도시를 위협하는 올가미였다. 왕은 게임을 계속해야 했다. 혹시 그는 자신을 부정하고 놀리도록 일부러 미치광이 광대에게 월급을 주고 있는 건 아닐까? 궁정의 오래되고 현명한 관례에 의하면, 미치광이나 광대 또는 시인은 군주의 통치 기반이 되는 가치를 뒤집고 조롱하는 기능을 수행하고, 모든 직선은 구부러진 이면을 감추고 있으며, 모든 완성된 제품은 정확히 들어맞지 않는 부품들의 뒤범벅이며, 모든 논리 정연한 연설은 허튼소리라는 것을 왕에게 보여 준다. 그렇지만 그 날카로운 재담은 이따금 왕에게 어떤 막연한 불안감을 불러일으킨다. 물론 그것도 왕과 광대 간의 계약에 의해 예상, 아니 보장되는 것인데, 어쨌든 마찬가지로 약간은 불안했다. 불안감을 즐기는 유일한 방법이 불안해지는 것이어서가 아니라 정말로 불안했기 때문이다.

지금도 역시 우리 모두가 길을 잃은 숲 속으로 광대는 왕을 인도했다. "이렇게 빽빽한 숲이 내 왕국 안에 아직 남아 있는 줄 몰랐군." 왕은 분명 그렇게 말했을 것이다. "그러면 이 상황에서 나는, 나에게 반대한다고 말하는 것들과 함께, 나뭇잎들에게 각자의 구멍으로 산소를 호흡하고 햇빛을 녹색 수액으로 소화시키는 것을 금지시키고 그걸 즐기는 수밖에 없군."

그러자 광대가 말했다. "폐하, 만약 제가 폐하라면, 너무 많이 즐기지는 않겠습니다. 숲이 자신의 그림자를 펼친 곳은 눈부신 메트로폴리스의 바깥이 아니라 바로 그 안입니다. 순종적이고 실무적인 폐하 신하들의 머리 위 말입니다."

"무언가가 나의 통제에서 빠져나가고 있다는 말이냐, 이 어리석은 녀석아?"

"저와 함께 직접 보시게 될 겁니다."

빽빽하던 숲이, 파헤쳐진 흙으로 뒤덮인 오솔길과 직사각형 구덩이, 땅바닥에서 솟아나는 버섯처럼 하얀 것에게 공간을 내주었다. 소름 끼치게도 제13번 타로 카드는 관목 숲이 반쯤 말라비틀어진 시체들과 육탈된 뼈들을 퇴비로 삼고 있다는 것을 우리에게 알려 주었다.

"그런데 나를 어디로 데려 온 것이냐, 이 어리석은 녀석아? 공동묘지 아니냐!"

그러자 광대는 무덤 속에서 먹고사는 무척추동물들을 가리키면서 말했다. "여기에서는 폐하보다 더 힘 있는 군주가 통치하지요. 바로 '벌레 폐하'입니다!"

"이곳이야말로 내 영토 중에서도 가장 나의 명령을 기다리는 장소가 아니냐. 이곳을 관리하도록 배치된 멍청이가 어떤 놈이냐?"

"제가 맡고 있습니다, 폐하." 이제 시체 매장인이 무대에 등장하여 연설을 늘어놓을 순간이었다. "죽음에 대한 생각을 억누르기 위해 시민들은 시체들을 이 아래에 아주 잘 감춥니다. 하지만 아무리 억눌러도 뒤에 가면 다시 생각나게 되고, 그래서 충분히 잘 묻혀 있는지 확인하기 위해 돌아오지요. 죽은 자들이 죽었기 때문에 바로 산 자들과는 다른 무엇인 한은 말입니다. 그게 아니라면 산 자들은 더 이상 자신이 살아 있다는 것을 확신하지 못할 테니까요. 제가 정확히 말씀드리고 있나요? 그래서 시체들을 묻고, 발굴하고, 들어 올리고, 넣고, 뒤섞느라고 저는 언제나 엄청나게 바쁘답니다!" 그러고 나서 시체 매장인은 손에다 침을 뱉더니 다시 삽질을 하기 시작했다.

우리의 관심은 그다지 두드러져 보이지 않는 다른 카드 '여교황'에게로 옮겨 갔고, 우리는 동료 손님에게 질문하듯 몸짓으로 그 카드를 가리켰다. 그것은 수녀처럼 망토를 뒤집어쓴 채 무덤들 사이에 웅크리고 앉아 있는 사람을 발견하고 왕이 시체 매장인에게 던진 질문과 일치했다. "묘지를 뒤적이고 있는 저 노파는 누구냐?"

"하느님, 우리를 구해 주소서. 여기에는 밤에 사악한 여자들의 종족이 배회하지요." 시체 매장인은 성호를 그으면서 대답했을 것이다. "마법의 책과 묘약에 정통한 여자들이 자기 마법의 재료들을 찾아 돌아다닙니다."

"저 여자를 따라가 보자. 그리고 행동을 살펴보자."

"저는 안 가겠습니다, 폐하!" 그 순간 광대는 공포를 느끼며 뒤로 물러섰을 것이다. "폐하, 부탁드립니다, 멀리 피하세요!"

"아니다, 나는 내 왕국에 낡아 빠진 미신들이 어느 정도까지 남아 있는지 알아야겠다!" 왕의 고집스러운 성격에 대해서는 맹세할 수 있을 정도였다. 왕은 시체 매장인의 안내를 받아 그녀를 뒤쫓았다.

아르카눔 '별'에서 우리는 그 여자가 망토와 수녀의 베일을 벗는 것을 볼 수 있었다. 그녀는 늙은 여자가 아니었다. 오히려 아름다웠으며, 벌거벗고 있었다. 달빛은 별빛과 함께 깜박이면서 밤에 묘지를 찾은 여인이 왕비와 닮았다는 것을 보여 주었다. 먼저 왕이 왕비의 몸을 알아보았는데, 배[梨] 모양의 섬세한 가슴, 부드러운 어깨, 풍성한 허벅지, 넓고 길쭉한 배를 알아보았다. 그리고 그녀가 이마를 들고, 어깨 위로 흘러내리는 숱 많은 머리카락에 둘러싸인 얼굴을 드러내자, 우리도 깜짝 놀랐다. 물론 공식적인 초상화의 표정은 아니었지만, 홀린 듯한 표정만 아니었다면, 왕비와 완전히 똑같았던 것이다.

"어떻게 이 더러운 마녀가 지체 높고 교양 있는 사람의 모습을 하고 있을 수 있지?" 왕은 분명 바로 이런 반응을 보였을 것이다. 왕비에 대한 모든 의혹을 일소하기 위해서라면, 왕은 마녀들에게 자기 마음대로 변신할 수 있는 능력까지 포함하여 일련의 초자연적인 능력을 허용할 준비도 되어 있었다. 그런 상황에 더 잘 어울릴 법한 다른 설명('불쌍한 왕비는 신경 쇠약으로 틀림없이 몽유병의 위기까지 겪고 있군!')은, 몽

유병을 앓고 있는 것으로 추정되는 그 여인이 얼마나 작업에 공들이며 몰두하고 있는지 보았다면 곧바로 버렸으리라. 그녀는 어느 구덩이의 가장자리에 무릎을 꿇고 땅에다 흐릿한 묘약을 바르고 있었다.(만약 그녀가 손에 들고 있는 도구들을, 관의 납 봉인을 녹이기 위한, 불똥 튀기는 산소 불꽃으로 해석하지 않는다면 그렇다.)

그녀가 수행하는 작업이 무엇이든, 여기에서 문제 되는 것은 무덤 뚜껑을 여는 것으로, 세상의 시간이 끝나는 최후의 '심판' 날을 위해 타로 카드가 예상하는 장면인데, 그것이 한 연약한 여인의 손에 의해 앞당겨졌던 것이다. '막대기' 두 개와 밧줄의 도움으로 마녀는 구덩이에서 발을 묶어 '매달린 사람'의 육체를 꺼냈다. 형태가 잘 보존된 어느 죽은 남자였다. 창백한 두개골에서는 푸른색에 가까운 검은색 숱 많은 머리카락이 늘어져 있었고, 두 눈은 마치 격렬한 죽음을 맞이한 듯 크게 뜨고 있었고, 입술은 마녀가 손으로 쓰다듬을 때마다 드러나는 길고 날카로운 송곳니 위로 수축되어 있었다.

엄청난 공포 속에서도 우리는 한 가지 세부 사항을 놓치지 않았는데, 그 마녀가 왕비와 똑같이 닮은 것처럼, 시체와 왕도 마치 두 개의 물방울처럼 닮았다는 점이었다. 그것을 알아채지 못한 사람은 바로 왕 자신뿐이었다. 왕의 입에서는 위험스러운 외침이 흘러나왔다. "마녀…… 뱀파이어…… 간부(姦婦)!" 그렇다면 마녀와 왕비가 동일한 인물이라고 인정하는 것일까? 아니면 혹시 마녀가 왕비의 모습을 띠고 있기 때문에 그에 따른 의무도 존중해야 한다고 생각하는 것일까? 어쩌면 자기 분신[46]과 함께 배신당했음을 알게 된 것이 위안이 될 수도 있을 테지만, 아무도 그것을 알려 줄 용기는 없었다.

무덤 바닥에서는 흉측한 일이 벌어지고 있었다. 마녀가 마치 알을 품는 암탉처럼 시체 위로 몸을 숙였다. 그러자 시체가 마치 '막대기의 에이스'처럼 똑바로 일어났고, '성배의 시종'처럼 마녀가 제공한 잔을 입술에 갖다 댔다. 그리고 '성배 2'처럼 둘이 함께 신선하고 응고되지 않은 피로 빨갛게 물든 잔을 들어 올리면서 건배했다.

"그러니까 금속으로 만들어지고 무균 처리된 내 왕국이 아직도 뱀파이어들, 더럽고 봉건적인 무리의 활동 무대란 말이냐?" 왕의 외침은 분명히 그런 어조였을 것이다. 그동안 왕의 머리카락은 한 움큼씩 머리에서 곤두섰다가 하얀색이 되어 제자리로 떨어졌다. 마치 수정 바위에서 조각해 낸 잔처럼 투명하고 치밀하다고 언제나 믿어 왔던 메트로폴리스가, 마치 죽은 자들이 사는 왕국의 오염되고 축축한 경계선에 뚫린 구멍을 막기 위해 최대한 잘 박아 놓은 낡은 코르크처럼 썩고 작은 구멍투성이라는 것이 드러났다.

시체 매장인은 이렇게 설명할 수밖에 없었다. "이것을 아셔야 해요. 저 마녀는 하지와 동지, 춘분과 추분 날 밤에 바로 자기가 죽인 남편의 무덤으로 가서, 남편을 땅속에서

---

46 원문에는 도플갱어(Doppelgänger)로 되어 있는데, 살아 있는 사람과 똑같은 모습의 분신 유령을 가리킨다.

꺼낸 뒤 자기 혈관의 자양분을 주어 다시 소생시킵니다. 그리고 말라빠진 혈관에 다른 사람들의 피를 공급하고, 다양한 형태로 비틀린 음부를 따뜻하게 하는 육체들의 성대한 잔치에서 남편과 결합하지요."

그런 불경스러운 의례를 타로 카드는 두 가지 버전으로 묘사했는데, 마치 두 사람이 그린 것처럼 보일 정도로 완전히 달랐다. 조잡한 하나는 '악마'라고 일컫는 카드로, 남자이면서 동시에 여자이고 박쥐인 혐오스러운 모습을 재현하려 노력하고 있다. 다른 하나는 온통 화환과 꽃 줄로 장식되어 있었는데, 벌거벗고 기뻐하는 님프 또는 마녀의 춤을 통해 '세계'의 총체성을 상징하듯이 하늘의 힘과 땅의 힘의 화해를 찬양하고 있다.(하지만 이 두 타로 카드를 새긴 사람은 동일 인물일 수도 있었다. 그러니까 그는 야간 숭배의 비밀 입회자로서, 엑소시스트와 종교 재판관의 무지를 조롱하기 위해 거친 선으로 '악마'의 허수아비를 스케치했고, 자신의 장식적 재능을 비밀스러운 믿음의 알레고리 안에 아낌없이 쏟아부었던 것이다.)

"훌륭한 친구여, 말해 봐라. 내가 어떻게 하면 내 영토를 이런 형벌에서 벗어나게 할 수 있겠는가?" 왕은 이렇게 물었을 것이다. 그리고 곧바로 전쟁의 충동에 사로잡혀('검'들의 카드는 여전히 힘의 관계가 그에게 우호적이라는 것을 상기시켜 줄 준비가 되어 있었다.) 아마 이렇게 제안했을 것이다. "필요하면 내 군대를 불러올 수도 있어. 그들은 포위하고 압박하는 전술이 뛰어나며, 무기와 불을 잘 사용하고, 절도와 방화에 능하고, 땅을 완전히 파괴하고, 풀 한 포기 남기지 않고, 나뭇잎을 없애고, 살아 있는 영혼을 없애는 훈련을 잘 받았지…….”

“폐하, 지금은 그럴 때가 아닙니다.” 시체 매장인이 막아 나섰다. 그날 밤 공동묘지에서 그는 분명히 모든 것을 보았을 것이다. “떠오르는 태양의 첫 빛살이 그 광란의 잔치를 비출 때면, 모든 마녀와 뱀파이어, 인쿠부스와 수쿠부스[47]들이 달아나고, 누구는 집박쥐로, 누구는 박쥐로, 또 누구는 다른 종류의 박쥐로 변신하지요. 제가 관찰한 바에 의하면, 그런 모습을 하고 있을 때에는 평소에 가지고 있던 공격 능력을 상실합니다. 바로 그 순간 이런 감추어진 함정으로 마녀를 붙잡을 수 있습니다.”

“그대의 말을 믿겠노라, 훌륭한 친구여. 그렇다면 작전을 개시하라!”

모든 것이 시체 매장인의 계획대로 진행되었다. 최소한 이것은 신비로운 아르카눔 ‘운명의 수레바퀴’에 왕[48]의 손이 멈추는 것을 보며 우리가 이끌어 낸 추정이다. 그 카드는 동물 모습을 한 유령들의 원무(圓舞)나, 임시방편의 재료들로 만든 함정을 가리키는 것으로 볼 수 있었다.(마녀는 왕관을 쓴 끔찍한 박쥐의 모습으로 그 함정에 빠졌고, 빠져나갈 길 없이 쳇바퀴를 돌리는 그녀의 수쿠부스인 두 마리 여우원숭이도 함께 빠졌다.)

---

47 중세의 전설에서 ‘인쿠부스’와 ‘수쿠부스’는 꿈에 나타나 성교를 하는 남성 악마와 여성 악마를 가리킨다.
48 칼비노의 착오인 듯하다. 지금 자신의 이야기를 하고 있는 서술자 또는 이야기꾼인 시체 매장인으로 보아야 합당할 것이다.

또는 발사대를 가리키는 것으로 볼 수도 있었다. 왕이 그 지옥의 포획물을 캡슐 안에 넣어 돌아올 길 없는 궤도 속으로 내던져, 허공으로 던지는 모든 것이 결국은 자기 머리 위로 다시 떨어지는 지구의 중력권에서 벗어나게 만들고, 또한 아마 '달'의 모호한 영토에, 다시 말해 아주 오래전부터 늑대 인간들의 발작, 모기들의 세대, 월경(月經)을 지배하면서도, 오염되지 않고 깨끗하고 새하얀 모습을 간직하고 있다고 주장하는 곳에 내려놓기 위한 발사대 말이다. 이야기꾼은 걱정스러운 시선으로 '동전' 두 개를 연결하고 있는 곡선을 응시했는데, 마치 지구에서 달까지의 궤도, 어울리지 않는 것을 그 지평선에서 근본적으로 축출하기 위해 자기 머릿속에 떠오르는 유일한 길을 살펴보는 것 같았다. 만약 화려한 여신에서 하늘의 쓰레기통으로 몰락한 셀레네[49]가 신분에 체념하고 있다면 말이다.

　한바탕의 충격. 번개에 의해 밤이 찢어졌다. 숲 위의 높은 곳이었고, 눈부신 도시의 방향이었는데, 도시는 순식간에 어둠 속으로 사라졌다. 마치 번개가 왕궁 위에 떨어져 메트로폴리스의 하늘에 닿을 듯이 높다란 '탑'을 무너뜨린 것 같았다. 아니면 '거대한 중앙 발전소'의 지나친 과부하 설비에서 전압이 급상승해 세상을 정전의 어둠 속으로 몰아넣은 것 같았다.

　'짧은 단락(短絡), 긴 밤.' 불길한 속담 하나가 시체 매장

---

49 그리스 신화에서 달의 여신으로 로마 신화의 '루나'에 해당한다.

인과 우리 모두의 머릿속에 떠올랐다. '마술사'로 알려진 제
1번 아르카눔처럼, 우리는 그 순간 용수철과 얼레와 전극과
온갖 잡동사니의 혼란 속에서 고장을 찾아내기 위해 거대
한 '기계 두뇌'를 해체하느라고 고생하는 기술자들을 상상
했다.

　이 이야기에서는 똑같은 카드가 다른 의미들로 해석되
고 또다시 해석되었다. 이야기꾼의 손은 발작적으로 흔들렸
고 다시 한 번 '탑'과 '매달린 사람'을 가리켰다. 마치 흐릿하
게 전송된 석간신문에서 끔찍한 기사와 함께 실린 즉석 사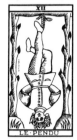
진을 알아보라고 이끄는 것 같았다. 한 여자가 현기증 나게
높은 곳에서 고층 빌딩 사이의 허공으로 곤두박질하고 있었
다. 첫 번째 그림에서 그녀의 추락은 두 손의 허우적거림, 뒤
집힌 치마, 소용돌이치는 이중 이미지의 동시성으로 분명하
게 드러났다. 두 번째 그림에서는 몸이 땅바닥에 충돌하기
직전에 두 발이 전선에 걸리는 세부적인 모습과 함께 전기
고장의 원인이 설명되었다.

　그리하여 우리는 왕을 뒤따라온 광대의 숨넘어가는 목
소리와 함께 마음속으로 사건을 재구성해 볼 수 있었다. "왕
비님이! 왕비님이! 아래로 곤두박질했어요! 불탔어요! 별똥
별 알지요? 날개를 펼치려고 했어요! 아니, 다리가 묶였어
요! 아래로, 거꾸로! 전깃줄에 걸려 거기 있었어요! 높은 곳
에, 전압이 높은 곳에 매달렸어요! 허우적거리고, 뚝뚝 소리
가 나고, 쾅 하고 부딪쳤어요! 뻗었어요! 우리 사랑하는 왕
비님의 사지가! 뻗어서, 저기 매달려서……."

한바탕 소란이 일었다. "왕비가 죽었다! 우리의 착한 왕비님! 발코니에서 몸을 던졌다! 왕이 죽였다! 복수하자!" 온 사방에서 사람들이 뛰거나 말을 타고 달려왔는데, 그들은 '검'들, '막대기'들, '방패'들로 무장하고 있었으며, 미끼로 독을 탄 피의 '성배'들이 배열되었다. "뱀파이어들의 짓이다! 뱀파이어들이 왕국을 장악하고 있다! 왕이 뱀파이어다! 잡으러 가자!"

찾는 이야기와 잃는 이야기

선술집의 손님들은 카드로 뒤덮인 탁자 주위에서 서로를 밀치며, 뒤섞인 타로 카드들 사이에서 자신의 이야기를 이끌어 내려고 노력했다. 그리고 이야기가 혼란스러워지고 어긋날수록, 흩어진 카드는 정돈된 모자이크 안에서 제자리를 찾게 되었다. 이 모양은 단순한 우연의 결과일까, 아니면 우리 중 누군가가 인내심 있게 모아 놓은 결과일까?

예를 들어 한 나이 든 남자는 야단법석의 와중에도 자신의 명상적 평온함을 유지했고, 카드 한 장을 내려놓을 때마다 매번 그 위를 찬찬히 살펴보았는데, 마치 성공했는지 알 수 없는 어떤 작업, 보잘것없는 원소들의 조합이지만 거기에서 놀라운 결과가 튀어나올 수도 있는 조합 작업에 몰두해 있는 듯 보였다. 학자처럼 잘 손질한 하얀 수염, 한 가닥 불안한 느낌을 담은 심각한 시선은 '동전의 왕'의 모습과 일부 공통되는 특징이었다. 이 초상화는 주위에 보이는 '성배'들과 '동전'들의 카드와 함께 그를 연금술사로 정의할 수 있게 해 줄 것이다. 그는 원소들의 조합과 그것들의 변신 과정

을 연구하는 일에 평생을 바쳤다. 제자 또는 조수인 '성배의 시종'이 그에게 내민 증류기와 유리병 안에서 그는 오줌처럼 빽빽한 액체가 쪽빛과 주황색 구름 안에서 시약에 의해 물든 채 끓어오르는 것을 관찰했는데, 거기에서는 금속의 왕인 황금 분자들이 분리되어 나와야만 했다. 하지만 그것은 헛된 기다림으로 그릇 바닥에 남은 것은 납뿐이었다.

만약 연금술사가 부에 대한 열망 때문에 황금의 비밀을 찾고 있다면, 그의 실험이 실패하리라는 것은 모두가 알고 있었다. 아니면 최소한 알고 있어야 했다. 그는 이기주의와 개인적인 한계에서 벗어나야 하고, 사물들의 근본에서 움직이는 힘들과 하나가 되어야 한다. 그러면 자기 자신의 변화라는 최초의 진정한 변화에 다른 변화가 자연스럽게 뒤따를 것이다. 그런 '위대한 작업'에 자신의 황금기를 바친 우리의 나이 든 동료 손님은, 타로 카드 한 벌을 손에 들고 있는 지금도, 그 '위대한 작업'과 동등한 작업을 하고자 했다. 그러니까 위에서 아래로, 왼쪽에서 오른쪽으로, 또 그 반대로 자신의 이야기를 포함하여 모든 이야기를 읽을 수 있는 사각형으로 카드를 배치하려 한 것이다. 하지만 다른 사람들의 이야기를 사각형 안에 집어넣는 데 성공한 것처럼 보이는 순간 그는 자신의 이야기가 사라진 것을 깨닫곤 했다.

카드의 연속 속에서 자기 내면의 변화를 밖으로 전달할 방법을 찾으려 애쓰는 이는 그만이 아니었다. 가령 젊음이라는 멋진 경솔함으로 카드 전체에서 가장 대담한 기사인 '검의 기사'에게서 자신의 모습을 알아보았다고 느끼고, 자신의 목표에 도달하기 위해 가장 날카로운 '검'들과 가장 뾰족한 '막대기'들의 카드와 단호하게 맞서려 하는 사람도 있었다. 하지만 그는 먼 길 돌아가야 할 것이고('동전 2'에서 보이는 구불구불한 신호가 가리키듯이) 브로셀리앙드[50] 숲에서 마법사 메를리노('마술사')가 불러낸 지옥의 세력들('악마')에게 도전해야 할 것이다.('검 2') 만약 아서 왕('검의 왕')의 '원탁'('성배 10')에서, 지금까지 어떤 기사도 허용받지 못했던 자리에 앉기를 원한다면 말이다.

CAVALIER D'EPÉE

잘 살펴보면 연금술사에게나 방랑 기사에게 있어 도착점은 '성배의 에이스'여야 마땅했다. 연금술사에게 그것은 플로지스톤[51] 또는 현자의 돌 또는 영생의 묘약을 담고 있는 성배이며, 기사에게 그것은 '어부 왕[52]'이 지키는 부적, 그러니까 그에 대해 처음 시인이 그것이 무엇인지 우리에게 미처 설명하지 못했고(아니면 말하고 싶어 하지 않았고), 따라서 그때 이후로 무수한 추측으로 잉크의 강물을 흐르게 만들었던 신비로운 그릇, 지금도 계속 로마 종교와 켈트 종교 사이에서 경

50 프랑스 브르타뉴 지방에 있는 숲으로 아서 왕의 여러 전설에서 주요 무대가 되었으며, 특히 마법사 메를리노의 무덤이 있는 곳으로도 유명하다.

51 그리스어로 '불꽃'이라는 뜻으로, 소위 4대 원소 이외에 가연성 물질 안에 이 성분이 포함되어 있다고 믿었다.

52 아서 왕 전설에 나오는 '어부 왕' 또는 '상처 입은 왕'은 전설적인 성배와 함께 등장하는 인물로서, 12세기 말 크레티앵 드 트루아(Chrétien de Troyes)의 미완성 작품『페르스발, 성배의 이야기』에 처음 등장했다. 왕이 부상을 입은 뒤 상처 때문에 마음대로 움직이지 못하고 낚시나 하게 되자, 그의 영토는 황무지로 변했다고 한다.

쟁의 대상이 되는 '성배[53]'였다.(어쩌면 샹파뉴의 음유시인[54]이
원했던 것은, '교황'과 드루이드 '은둔자' 간의 싸움을 팽팽하게 유지
하는 것이었는지도 모른다. 어떤 비밀을 간직하기에 미완성 소설보
다 좋은 장소는 없다.)

　그러니까 우리의 그 두 동료 손님이 '성배의 에이스' 주
위에 카드들을 늘어놓으면서 해결하고자 했던 문제는 바로
연금술의 '위대한 작업'이자 동시에 '성배의 탐색'이었던 것
이다. 똑같은 카드 하나하나에서 두 사람은 모두 자신의 '기
술' 또는 '모험'의 노정들을 알아보았다. '태양'은 황금의 별
또는 소년 기사의 순수함이었고, '운명의 수레바퀴'는 영원
한 움직임 또는 숲 속의 마법이었고, '심판'은 금속과 영혼의
죽음과 부활 또는 천상의 부름이었다.

　그런 상황이었기 때문에 그 메커니즘을 명백하게 밝히
지 않으면, 그 두 이야기는 계속하여 서로를 방해할 위험이
있었다. 연금술사는 물질의 변환을 얻기 위해 자신의 영혼
을 변하지 않는 황금처럼 순수하게 만들려고 애쓰는 사람
이다. 하지만 연금술사의 규칙을 뒤집는 파우스트 박사 같
은 사람이 있을 경우, 그는 영혼을 교환의 대상으로 만들고,

---

53 크레티앵 드 트루아의 작품에서 처음 나오는 '그라알(Graal)'은 이후의 작
품에서 신비로운 탐색 대상이 되었는데, 그 기원은 불분명하다. 켈트 신화에서
나온 것이라는 견해와 그리스도교에서 나온 것이라는 주장이 대표적이다. 나
중에는 그것이 그리스도교 기원이 되는 성물(聖物)이라는 견해가 대중적 인기
를 끌었는데, 그에 의하면 '성배(聖杯)'는 예수가 최후의 만찬 때 사용한 술잔,
그릇 또는 접시로, 수많은 방랑 기사들의 가장 중요한 탐색 대상이 되었다.
54 『페르스발, 성배의 이야기』를 쓴 크레티앵 드 트루아는 트루아, 즉 샹파뉴
지방 출신의 음유시인이었다.

그리하여 자연이 부패하지 않게 되고, 따라서 모든 원소가 똑같이 귀중해지고, 온 세상이 황금으로 이루어지고, 황금이 바로 세상이 되기 때문에, 더 이상 황금을 찾을 필요가 없게 되기를 바란다. 그와 똑같은 방식으로 방랑 기사는 자신의 행위를 절대적이고 엄격한 도덕적 법칙에 복종시킴으로써, 자연스러운 법칙이 절대적인 관용으로 지상에서 풍부함을 유지할 수 있도록 만든다. 하지만 페르스발-파르지발-파르지팔[55] 같은 기사가 '원탁'의 규칙을 뒤집는다고 가정해 보자. 그는 자기도 모르는 사이에 기사도의 미덕을, 마치 자연의 선물처럼, 나비 날개의 색깔처럼 자연스럽게 발휘할 것이며, 따라서 놀랄 정도로 무관심하게 자신의 임무를 수행하면서 아마도 자연을 자신의 의지에 종속시킬 것이다. 그리하여 그는 세상에 대한 지식을 마치 하나의 사물처럼 소유하고, 마법사이자 기적을 일으키는 자가 되고, '어부 왕'의 상처를 아물게 하고, 황무지에 녹색 수액이 다시 돌게 하는 데 성공할지도 모른다.[56]

그렇다면 우리가 여기에서 꼼짝 않고 바라보고 있는 카드들의 모자이크는 바로 작업하지도 않고 탐색하지도 않으면서 완수하기 원하는 '작업' 또는 '탐색'이라 할 수 있다. 파

---

55 Perceval-Parzival-Parsifal. 아서 왕과 원탁의 기사 전설에 나오는 기사로 특히 성배를 탐색한 것으로 유명하다. 뒤에서 다시 그의 이야기가 나오지만, 그의 탄생과 삶은 여러 가지 버전으로 전해진다.

56 『페르스발, 성배의 이야기』에서 페르스발은 '어부 왕'의 성에서 피 흘리는 창과 성배의 신비로운 행렬을 보면서도 그에 대해 질문하지 않는데, 만약 궁금한 것을 질문했더라면, '어부 왕'과 그의 왕국을 구할 수 있었을 것이라고 한다.

우스트 박사는 금속들의 순간적인 변신이 자신의 내부에서 일어나는 느린 전환에 의해 결정된다는 사실을 더 이상 받아들이려 하지 않았으며, '은둔자'의 외로운 삶에서 축적되는 지혜를 의심하게 되었으며, 타로 카드의 조합들 사이에서 뭉그적거리는 것에 실망하듯 자기 기술의 능력에 실망했다. 바로 그 순간 번개가 '탑' 꼭대기에 있는 그의 작은 방을 비추었다. 그의 눈앞에 비텐베르크[57]에서 학생들이 쓰고 다니는 것처럼 챙이 넓은 모자를 쓴 사람이 나타났다. 그는 떠돌아다니는 성직자, 또는 협잡꾼 '마술사', 가판대 위에다 어울리지 않는 깡통들의 실험실을 차려 놓은 시장판의 마법사인지도 몰랐다.

"당신이 내 기술을 모방할 수 있다고 생각하오?" 진정한 연금술사는 그 사기꾼에게 이렇게 말했을 것이다. "당신 냄비 속에서는 어떤 지저분한 국물이 뒤섞이죠?"

"'세계'의 태초에 있었던 국물이라오." 미지의 인물은 그렇게 대답했을 것이다. "거기에서 크리스털과 식물과 온갖 종류의 동물과 호모사피엔스의 종족이 제 형태를 띠게 되었지요!" 이윽고 그가 말하는 것이 눈부신 도가니 안에서 끓어오르는 물질에서 투명하게 나타났다. 바로 우리가 지금 제21번 아르카눔에서 관조할 수 있는 것처럼 말이다. 모든 타로 카드들 중에서 가장 번호가 높으며, 게임하는 사람들의 점수에서 가장 높은 이 카드에서는 도금양(桃金孃) 나

---

57 독일 작센 지방의 도시로, 루터에 의한 종교 개혁의 발상지로 유명하다.

무의 화관 안에서 벌거벗은 여신 하나가 날아가고 있다. 아
마도 베누스일 것이다. 주위에 있는 네 개의 형상은 보다 최
근의 경건한 상징들로 볼 수 있지만, 어쩌면 중앙에 있는 여
신의 승리와 양립할 수 있는 다른 유령들의 조심스러운 변
신에 불과할 수도 있으며, 어쩌면 올림포스의 권위가 지배하
기 이전에 세상을 통치했던 켄타우로스와 세이렌과 하피와
고르곤일 수도 있다. 아니면 자연이 인간의 지배에(아직 얼마
나 더 지속될지 모르는) 자신을 내맡기기 이전에 실험했던 공
룡과 마스토돈과 익수룡(翼手龍)과 매머드일 수도 있다. 심지
어 중앙의 인물을 베누스가 아니라 헤르마프로디토스[58]로
보는 사람도 있었는데, 그것은 바로 세상의 중심, 연금술사
가 거쳐야 하는 노정의 최고 지점에 도달하는 영혼들을 상
징했다.

　"그렇다면 당신은 황금도 만들 수 있소?" 파우스트 박
사는 물었을 것이다.

　"보시오!" 상대방은 집에서 만든 금괴들로 넘치는 금고
의 모습을 힐끗 보여 주면서 이렇게 대답했을 것이다.

　"그럼 나에게 젊음도 되찾아 줄 수 있소?"

　그러자 유혹자는 그에게 아르카눔 '연인'을 보여 주었다.
거기에서는 파우스트의 이야기가 돈 후안 테노리오[59]의 이

58　그리스 신화에서 헤르메스와 아프로디테(로마 신화의 베누스) 사이에서
태어난 자식으로 남녀 양성을 동시에 가진 존재이다.
59　스페인의 작가 호세 소리야(José Zorrilla y Moral, 1817~1893)의 희곡 『돈
후안 테노리오: 2부로 된 종교적이고 환상적인 드라마』의 주인공으로 전통적
인 바람둥이 돈 후안이 모델이다.

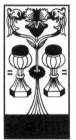

야기와 뒤섞이는데, 그 이야기도 분명히 타로 카드들의 그물 속에 숨어 있었다.

"그 비밀을 나에게 양도하는 대신 무엇을 원하시오?"

'성배 2' 카드는 황금을 제조하기 위한 비밀의 비망록이었다. 그리고 그것은 서로 분리되는 '유황'과 '수은'의 정령으로도 읽을 수 있고, 또는 '고정성'과 '유동성'의 싸움으로도 이해할 수 있으며, 모든 논문에서 찾을 수 있지만 거기에 성공하기 위해 입김으로 화덕을 불면서 평생을 보내도 아무런 결론을 얻지 못하는 비법으로도 이해할 수 있었다.

우리의 동료 손님은 아직도 자신의 내면에서 일어나고 있는 이야기를 타로 카드 안에서 해독하고 있는 것 같았다. 하지만 현재로서는 예상치 못한 것을 기대하기는 어려울 것 같았다. '동전 2'는 그림의 신속한 효율성으로 하나의 교환, 바꾸기, 주고받기를 가리키고 있었다. 그리고 그런 교환의 대응물은 우리 동료 손님의 영혼이 될 수밖에 없었기 때문에, 우리는 아르카눔 '절제'에 그려진, 날개가 달려 흐물거리는 유령에서 그에 대한 순진한 알레고리를 쉽게 알아볼 수 있었다. 만약 그 수상한 마법사에게 중요한 것이 영혼의 거래라면, 그의 정체는 '악마'가 틀림없었다.

메피스토펠레스의 도움으로 파우스트의 모든 욕망은 곧바로 충족되었다. 아니, 상황을 보다 정확하게 말하자면, 파우스트는 자신이 바라는 것의 등가물을 황금으로 받았다.

"그런데 당신은 만족하지 않나요?"

"나는 부가 다른 것, 다양한 것, 변화 가능한 것이라고 생각했소. 그런데 눈앞에 있는 건 균일한 금속 조각들뿐이 군요. 그저 가고, 오고, 쌓이고, 언제나 똑같이 자기 자신을 늘려 가는 데에만 도움이 되는 금속 조각들 말이오."

그의 손이 닿는 것은 모두 황금으로 변했다. 그러니까 파우스트 박사의 이야기는 미다스 왕의 이야기와도 뒤섞였 다. '동전의 에이스' 카드에서는 지구가 동전의 추출 과정에 서 메말라 버려, 먹을 수도 없고 마실 수도 없는, 단단한 황 금 공으로 변해 버린 모습을 보여 주었다.

"악마와의 계약에 서명한 것을 벌써 후회하는 거요?"

"아니요. 하나의 영혼과 하나의 금속을 교환한 것이 실 수였소. 만약 파우스트가 한 번에 많은 악마와 타협하기만 한다면, 그는 자신의 영혼을 여러 개 구할 수 있을 것이고, 플라스틱 재료의 바닥에서 황금 덩어리를 발견할 것이고, 베누스가 키프로스 해변에서 석유 얼룩과 합성 세제의 거 품을 흩어 버리면서 계속하여 다시 탄생하는 것을 볼 것이 오……."

제17번 아르카눔은 연금술에 몰두하는 박사 이야기의 결론이 될 수도 있지만, 동시에 모험적인 기사가 야외에서 아름다운 별빛 아래 탄생하는 것을 보여 주면서 자기 이야 기를 시작하는 것일 수도 있었다. 미지의 아버지와 권좌에서 쫓겨나 유랑하는 여왕 사이에서 태어난 아들 페르스발은 출 생의 신비를 뒤에 달고 다녔다. 그가 더 이상 알려 하는 것 을 막기 위해 어머니는(분명히 그녀 나름대로의 이유가 있었겠지만) 그에게 절대 질문하지 않도록 가르쳤고, 그를 외딴 곳에서 길렀고, 기사로서 힘든 수습 기간을 거치지 않도록 했다. 하지만 그 거친 황무지에도 방랑 기사들이 떠돌아다녔으며, 소년은 아무것도 질문하지 않은 채 그들과 한 무리가 되었고, 무기를 잡았고, 말에 올라탔고, 자기를 그렇게나 오랫동안 보호해 주던 어머니를 말발굽 아래 짓밟았다.

불륜 관계의 아들이자 자신도 모르게 어머니 살해자가 되고, 또한 마찬가지로 곧바로 금지된 사랑에 휘말리게 된 페르스발은 완벽한 무지 속에서 가볍게 세상을 떠돌아다녔다. 세상에서 살아가기 위해 배워야 할 것을 전혀 모른 채 그는 그렇게 기사도의 규칙에 따라 행동했다. 그리고 밝은 무지를 빛내면서 그는 어두운 의식에 짓눌린 곳들을 돌아다녔다.

타로 카드 '달'에는 황량한 땅이 펼쳐져 있다. 죽은 호수 옆에는 성이 하나 있었는데, 성의 '탑'에 저주가 내렸다. 그곳에 암포르타스[60], 즉 '어부 왕'이 머물고 있는데, 우리가 여기에서 볼 수 있듯이, 늙고 상처 입은 모습으로 아물지 않는 자신의 상처를 누르고 있다. 그 상처가 나을 때까지는, 태양의 빛에서 나뭇잎들의 녹색과 춘분 축제의 즐거움으로 넘어가는 변화의 수레바퀴가 다시 움직이지 않을 것이다.

어쩌면 암포르타스 왕의 죄는 가로막힌 지식, 그릇의 밑

---

60 페르스발의 전설을 토대로 바그너(Richard Wagner, 1813~1883)가 작곡한 3막의 오페라 「파르지팔」에서 성배를 지키는 기사단의 왕, 즉 '상처 입은 왕'의 이름으로 나온다.

바닥에 보존된 시들어 버린 학문인지도 모른다. 페르스발은
그 그릇이 성의 계단으로 행렬을 이루어 옮겨지는 것을 보았
고, 그것이 무엇인지 알고 싶었지만, 입을 다물었다. 페르스
발의 장점은 자신이 세상에 새로운 존재이고 또한 세상에 존
재한다는 사실에 너무나도 몰두했기 때문에 자기가 보는 것
에 대해 질문할 생각을 전혀 하지 못했다는 것이었다. 하지
만 그에게는 세상에서 한 번도 질문하지 않은 모든 것에 대
한 질문을 폭발시킬 최초의 질문 하나면 충분했다. 그러면
곧바로 유적 발굴지의 그릇 바닥에 오랜 세월 동안 엉겨 붙
어 있던 침전물이 용해되고, 지층 사이에 짓눌려 있던 시대
가 다시 흐르고, 미래가 과거를 되찾고, 수천 년 전부터 석
탄층 속에 묻혀 있던 풍요로운 계절의 꽃가루가 다시 날아
오르기 시작하고, 오랜 세월에 걸친 가뭄의 먼지 위로 일어
날 것이다……

언제부터(몇 시간 또는 몇 년 전부터) 파우스트와 페르스
발이 선술집의 식탁 위에 놓인 타로 카드 하나하나에서 자
신들의 노정을 다시 추적하는 데 몰입해 있었는지는 나도
모르겠다. 하지만 그들이 카드 위로 몸을 숙일 때마다, 그들
의 이야기는 다른 방식으로 해석되고 수정되고 변화되었으
며, 그날의 기분과 생각의 흐름에 영향을 받아, 두 개의 양극
단, 즉 전체와 무(無) 사이에서 흔들리곤 했다.

"세상은 존재하지 않아." 동요하는 진자(振子)가 다른 극
단에 도달하자 파우스트는 이렇게 결론을 내린다. "단 한 번

에 완전히 주어진 전체는 없어. 유한한 수의 원소들이 있고, 그것들의 조합이 무수하게 늘어나는데, 그 조합들 중 소수만이 하나의 형식과 의미를 발견하게 되고, 또한 의미 없고 형식 없는 먼지들의 한가운데로 들어가게 되지. 마치 78장의 타로 카드 한 벌이 옆에 놓이면서 이야기들의 연쇄가 나타났다가 곧바로 흩어지는 것과 마찬가지야."

반면에 페르스발은 (언제나 잠정적인) 이런 결론을 내릴 것이다. "세상의 핵심은 텅 비어 있어. 우주 안에서 움직이는 것의 원칙은 바로 무(無)의 공간이며, 부재(不在)의 주위에 존재하는 것이 세워지고, '성배'의 바닥에는 '도(道)'가 있지." 그러고는 타로 카드들에 둘러싸인 텅 빈 직사각형을 가리키리라.

햄릿 이야기　　　오이디푸스 이야기　　　쥐스틴 이야기

망설이는 자의 이야기

창녀 안나의 이야기

파르지팔 이야기

붉은 도깨비의 이야기

걸인의 이야기

질녀의 이야기

리어 왕 이야기　　　파우스트 이야기　　　맥베스 부인 이야기

나도 내 이야기를 하려고 노력한다

나는 입을 열어 말을 하려고 노력했지만 웅얼거리는 소리만 났다. 이제 내 이야기를 해야 할 순간이었다. 그 두 사람의 카드는 동시에 내 이야기의 카드이기도 했다. 나를 여기까지 데려온 이야기, 성사되지 않은 만남의 연속에 불과한 끔찍한 만남의 연속.

우선 나는 '막대기의 왕'이라 일컫는 카드에 관심을 기울여야 한다. 다른 사람이 주장하지 않는 이상, 거기 앉은 인물은 바로 나라고 말할 수 있다. 특히 그는 아래쪽 끝이 뾰족한 도구를 들고 있는데, 지금 이 순간 내가 사용하고 있는 것과 똑같다. 실제로 잘 살펴보면 그 도구는 펜 또는 깃촉 또는 뾰족하게 잘 깎은 연필 또는 볼펜과 비슷했으며, 어울리지 않게 크게 보이는 것은 아마 그 글쓰기 도구가 앉아 있는 인물에게 매우 중요하다는 것을 의미하려는 의도일 것이다. 내가 아는 한 그 몇 푼짜리 홀(笏)의 끝에서 나오는 검은 선은 바로 나를 여기까지 데려온 길이며, 따라서 '막대기의 왕'은 나에게 어울리는 호칭이 될 가능성도 없지 않다. 그리고 그럴 경우 '막대기'라는 용어는 어린이들이 학교에서 그리는 선, 그러니까 기호를 그리면서 소통하려고 시도하는 최초의 더듬거림이라는 의미로 이해되거나, 포플러나무의 목재, 그러니까 그 하얀 섬유질을 반죽하여 거기에서 글을 쓰도록 (그리고 또다시 의미들이 교차된다.) 준비된 종이가 나오는 목재라는 의미로 이해되어야 할 것이다.

'동전 2'는 나에게도 교환의 기호인데, 최초 작가의 다른 끼적거림과 구별되도록 그려 놓은 최초의 끼적거림부터 시작하여 모든 기호 안에 있는 그런 교환의 기호이며, 다른 물건의 교환과 똑같고, 페니키아 사람들이 우연히 발명한 것이 아니며[61], 황금 동전들처럼 순환하는 것의 순환 속에 휘말려 있는 글쓰기의 기호이다. 또한 그것은 문자 그대로 받아들여지지 않아야 하는 문자, 문자가 없다면 아무런 가치도 없는 가치들을 전달하는 문자, 그 자체로 성장하고 고상한 것의 꽃들로 장식될 준비가 언제나 되어 있는 문자(여기 자신의 기표(記標) 표면 위에서 꽃피고 장식되어 있는 것을 보시라.), 비록 언제나 자신이 의미하는 소용돌이 속에다 의미의 유통을 감싸고 있지만 '아름다운 글쓰기'의 최초 요소인 문자, 거기에서 의미들을 의미할 준비가 되어 있다는 것을 의미하기 위해 구불구불 굽이치는 문자 '에스(S)', 자신의 의미들도 역시 '에스'의 형식을 띠도록 '에스'의 형식을 갖고 있는 의미 기호이다.

---

61 대부분의 유럽 언어에서 사용되는 알파벳은 고대 페니키아 사람들이 발명한 문자에서 유래되었다고 한다.

그리고 그 모든 '성배'는 잉크의 어둠 속에서 악마들과 지옥의 세력, 악령, 밤의 찬가, 악의 꽃, 어둠의 심연이 위로 떠오르기를 기다리거나, 아니면 울적한 천사가 내려앉아 영혼의 기질을 증류하고 은총의 상태와 현현(顯現)을 옮겨 담기를 기다리는 동안 말라 버린 잉크병들일 뿐이다. '성배의 기사'는 나 자신의 껍질 속을 응시하기 위해 몸을 숙인 나를 묘사하고 있으며, 나는 만족하고 있는 듯 보이지 않는다. 머리를 흔들고 쥐어짜도 소용이 없다. 영혼은 마른 잉크병이다. 어떤 '악마'가 와서 작품의 성공을 보장해 주는 대가로 내게서 영혼을 가져가려고 하겠는가?

'악마'는 분명히 내 직업에서 매우 자주 만나는 카드일 것이다. 글쓰기의 재료는 털북숭이 발톱, 개처럼 물어뜯기, 염소처럼 뿔로 들이받기, 어둠 속에서 허우적거리는 억제된 폭력의 표면으로 온통 거슬러 올라가는 것이 아니던가? 하지만 사물은 두 가지 방식으로 볼 수 있다. 하나는, 개별 및 다수 사람들의 내부에서, 행동한 또는 행동했다고 믿는 행위들 안에서, 말해진 또는 말해졌다고 믿는 단어들 안에서 그런 악마적 바글거림은 옳지 않고 따라서 모든 것을 아래로 다시 몰아넣어야 한다고 말하고 행동하는 방식이고, 다른 하나는, 그와 정반대로 그것이 더 중요하며, 그것이 존재하기 때문에 밖으로 내보내는 것이 바람직하다는 견해이다. 사물을 보는 그런 두 가지 방식은 또한 그 나름대로 다양하게 뒤섞여 있다. 왜냐하면 예를 들어 부정은 부정적이지만, 바로 그것 없이는 긍정이 긍정적이지 않기 때문에 필요할 수 있다. 아니면 부정은 전혀 부정적이지 않으며, 반면에 혹시라 도 유일하게 부정적인 것이 있다면 바로 긍정적이라고 믿는 부정이기 때문에 필요할 수 있다.

그럴 경우 글을 쓰는 사람은 비교할 수 없는 모델을 따르는 수밖에 없다. 그 모델은 바로 너무도 악마적이어서 신성하다고까지 말할 수 있는 '후작[62]', 생각할 수 있는 것의 검은 경계선까지 탐색하도록 낱말들을 강요했던 '후작'이다.(그리고 우리가 이 타로 카드에서 읽으려고 노력해야 하는 이야기는 두 자매의 이야기인데, 그들은 '성배의 여왕'과 '검의 여왕'이며, 하나는 천사 같고 다른 하나는 사악하다. 천사 같은 여인이 베일을 쓴 수도

원에서 몸을 돌리자마자 어느 '은둔자'가 그녀를 밑으로 내동댕이치고 등 뒤에서 그녀의 우아함을 이용한다. 거기에 대해 그녀가 불평하자 수녀원장 또는 '여교황'이 말한다. "쥐스틴, 너는 세상을 몰라. '동전'과 '검'의 힘은 특히 다른 인간 존재를 사물로 만들기를 즐기지. 쾌락의 다양함은 한계를 몰라. 그것은 조건 반사의 조합과도 같은데, 누가 조건 반사를 일으키게 하느냐에 따라 모든 것이 결정되지. 네 언니 쥘리에트는 너를 '사랑'의 난잡한 비밀로 입문시켜 줄 거야. 그녀에게서 너는 고통의 '수레바퀴'를 돌리는 것을 즐기는 사람도 있고, '매달린 사람'처럼 발이 묶여 있는 것을 즐기는 사람도 있다

는 걸 알게 되겠지.")

이 모든 것은, 낱말이 자체 안에 간직하고 있는 꿈, 글을

---

62 프랑스의 작가 사드 후작(Marquis de Sade, 1740~1814)을 가리킨다. 그는 특히 쥘리에트와 쥐스틴 두 자매의 대조적인 운명을 다룬 작품 등에서 도착적인 성욕을 묘사한 것으로 유명하다.

쓰는 사람이 거쳐 감으로써 그 낱말을 해방시키고 또 자신도 해방되는 꿈과 같다. 글쓰기에서 말하고자 하는 것은 바로 억압된 무엇이다. 그렇다면 하얀 수염의 '교황'은 영혼들의 위대한 목자이며 꿈의 해석자인 빈도보나의 지기스문트[63]라 할 수 있다. 그리고 그것을 확인하기 위해서는 그의 이론이 가르치는 대로, 타로 카드들의 사각형 어느 곳에서, 모든 이야기들의 날실 안에 감추어져 있는 이야기를 읽어 낼 수 있는지 검증하는 수밖에 없다.(가령 '동전의 시종'에 그려진 젊은이를 보자. 그는 불길한 예언, 그러니까 아버지를 살해하고 자기 어머니와 결혼하게 될 것이라는 예언을 멀리하고 싶다. 그가 풍요롭게 치장된 '전차'를 타고 모험을 떠나게 해 보자. '막대기 2'는 먼지 자욱한 주요 도로의 갈림길을 나타낸다. 아니, 실제로 갈림길이며, 그곳에 가 본 사람은 코린토스에서 오는 길과 테베로 가는 길이 교차하는 지점임을 알아볼 것이다. '막대기의 에이스'는 길거리, 아니 삼거리의 싸움을 증언한다. 두 대의 마차가 길을 양보하려 하지 않아, 바퀴의 굴대가 뒤엉키고, 마차를 몰던 두 사람은 먼지를 뒤집어쓴 채 화가 나서 땅으로 뛰어내려서는, 마부들처럼 고함을 지르고, 서로에게 욕을 퍼붓고, 상대방의 아버지와 어머니를 돼지와 암소라고 부르고, 그러다가 만약 한 사람이 호주머니에서 절단용 무기를 꺼내면 거기에서 죽은 사람이 나오곤 한다. 실제로 여기에 '검의 에이스'가 있고, '광

---

63 오스트리아의 정신과 의사로 정신분석학의 토대를 세운 프로이트(Sigmund Freud, 1856~1939)를 가리킨다. 프로이트의 원래 이름은 '지기스문트(Sigismund)'였다. '빈도보나'는 고대 로마인들이 오스트리아의 빈을 부르던 지명이다.

대'가 있고, '죽음'이 있다. 땅바닥에 남은 자는 바로 테베에서 오는 이방인으로, 그렇게 그는 자신의 불안을 다스리는 법을 배우게 된다. 우리는 알고 있다. 오이디푸스여, 그대는 일부러 그렇게 한 것이 아니다. 그것은 순간의 발작이었다. 하지만 그동안 그대는 마치 그대의 전체 삶에서 다른 것은 기다린 적 없다는 듯 무장한 손으로 덤벼들었지. 다음에 올 카드 중에는 '운명의 수레바퀴' 또는 스핑크스가 있고, 테

베로 들어가는 승리의 '황제'가 있고, 이오카스테 여왕과의 결혼 피로연 '성배'들이 있는데, 우리는 여기에서 그녀가 '동전의 여왕'으로, 미망인의 옷차림을 하고 있지만 성숙하고도 호감 가는 여인으로 묘사되어 있는 것을 볼 수 있다. 하지만 예언은 이루어진다. 테베에 역병이 널리 퍼지고, 세균이 구름처럼 도시 위에 내려앉고, 길거리와 집에 독기가 넘치고, 육체에서는 빨갛고 파란 혹이 밖으로 솟아 나오고, 뻣뻣하게 죽은 시체들이 길거리에 쓰러져, 마른 입술로 진흙투성이 웅덩이에서 물을 핥아 먹는다. 이럴 경우엔 델포이의 시빌레[64]에게 의뢰하여 어떤 율법 또는 터부를 범했는지 설명해 달라고 부탁하는 수밖에 없다. 삼중관(三重冠)을 쓰고 책을 펼치고 있으며, '여교황'이라는 이상한 호칭이 붙은 노파가 바로 그녀이다. 원한다면, '심판'

또는 '천사'라 일컫는 아르카눔에서 지기스문트의 꿈 이론이 참조하는 원초적인 장면을 찾아보는 것도 가능하다. 작고 어린 천사가 한밤중에 잠에서 깨어나 잠의 구름 사이로 어른들이 무엇인가 하고 있는 것을 본다. 벌거벗은 채 이해할 수 없는 자세를 하고 있는 엄마와 아빠와 다른 초대받은 자들이다. 꿈속에서는 운명이 말한다. 거기에 대

---

64 시빌 또는 시빌라로도 부르며 그리스 로마 신화에 나오는 무녀들을 가리킨다. 델포이의 아폴론 신전에서 이루어지는 신탁이 가장 유명하다.

해 행동을 취하는 수밖에 없다. 아무것도 모르고 있던 오이디푸스는 스스로 자기 눈에서 빛을 빼앗고, 망토와 순례자의 지팡이와 함께 콜로노스로 가는 길을 떠난다.)

이 모든 것에 대해 글을 쓴다는 것은 신탁과 같은 경고이자, 비극과 같은 정화이다. 따라서 전혀 문제 삼을 것이 없다. 간단히 말해 글쓰기는 종(種)에, 또는 최소한 문명에, 또는 최소한 일정한 소득 계층에 속하는 하나의 기반을 갖고 있다. 그렇다면 나는 어떤가? 그리고 많든 적든, 내가 그 안에 집어넣는다고 믿었던 지극히 개인적인 부분은 어떤가? 만약 내가 개인적 운명의 영역, 자아의 영역, '실생활'(요즘 사람들이 말하듯이)의 영역 안에서 내 미심쩍은 걸음에 동행할 만한 작가의 그림자를 회상한다면, 그것은 분명 '그르노블의 이기주의자[65]', 그러니까 마치 그에게서 내가 써야 하는(또는 살아야 하는: 당시의 그 또는 나에게는 두 동사의 혼동이 있었다.) 이야기를 기대하듯이 언젠가 읽었던, 세상의 정복에 뛰어든 그 시골뜨기의 그림자일 것이다. 만약 아직도 나의 부름에 응한다면, 그는 내게 이 카드들 중 어느 것을 지목할까? '사랑'과 그것이 작동시키는 모든 에너지와 염려와 기만, 야망의 승리에 넘치는 '마차', 당신을 만나러 오는 '세계', 행복을 약속하는 아름다움과 함께 내가 쓰지 않은 소설의 카드들일까? 하지만 여기에서 나는 단지 똑같이 반복되는 장면의 주형(鑄型)들, 매일 지나가는 마차의 바퀴 소리처럼 단조로운

---

65 프랑스 남부 그르노블 태생의 작가 스탕달(Stendhal, 1783~1842)을 가리킨다. 칼비노는 젊은 시절 스탕달의 열렬한 팬이었다고 한다.

것, 인쇄기들이 사진으로 찍어 내는 아름다움만을 보고 있다. 내가 그에게서 기대했던 비법이 바로 이것이었던가?(소설 및 소설과 모호하게 친척이 된 무엇, 즉 '삶'을 위하여?) 이 모든 것을 함께 유지했다가 떠나 버린 것은 무엇인가?

타로 카드 한 장이 버려지고, 또 한 장이 버려지면서 이제 내 손에 남은 것은 몇 장 되지 않는다. '검의 기사', '은둔자', '마술사'는 여전히 나다. 때때로 내가 종이 위아래로 펜을 휘두르면서 앉아 있는 동안 상상했던 바로 그 모습이다. 똘똘 뭉쳐진 종잇장과 지우기의 살육 속에 낭비된 모험의 에너지, 실존적 불안, 젊음의 기사 같은 충동이 잉크의 오솔길을 따라 말발굽 소리와 함께 멀어진다. 그리고 다음 카드에서 나는 늙은 수도사의 복장을 한 나 자신을 발견한다. 이 모습의 나는 오래전부터 자신의 독방 안에 고립되어 있으며, 도서관의 생쥐처럼 등불을 들고 분석적인 색인을 참조하면서 페이지 하단의 각주 사이에서 잊어버린 지혜를 찾고 있다. 이제 타로 카드 제1번은 내가 이룰 수 있었던 것을 정직하게 보여 주는 유일한 카드라는 사실을 인정해야 할 순간이 된 듯하다. 말하자면 시장의 좌판 위에다 일정한 숫자의 형상을 올려놓고 그것들을 옮기고, 서로 연결하고, 뒤바꾸면서 그 숫자의 효과를 극대화하는 협잡꾼 또는 마술사인 것이다.

타로 카드를 나란히 늘어놓고 거기에서 이야기가 나오게 만드는 마술을 나는 미술관의 그림을 갖고도 실행할 수

있다. 예를 들어 '은둔자'의 자리에 성 히에로니무스[66]를 놓고, '검의 기사' 자리에 성 게오르기우스[67]를 놓고 무엇이 나오는지 살펴보는 것이다. 실제로 그것은 무척이나 내 관심을 끌었던 그림들이다. 미술관에서 나는 언제나 성 히에로니무스의 그림 앞에서 즐겁게 걸음을 멈춘다. 화가들은 그 은둔자를 야외에, 어느 동굴의 입구에 앉아 논문을 참조하고 있는 학자처럼 표현한다. 조금 저쪽에는 사자 한 마리가 온순하고 평온한 모습으로 웅크리고 앉아 있다. 왜 사자일까? 글로 쓴 낱말은 열정을 길들이는 것일까? 아니면 자연의 힘을 복종시키는 것일까? 아니면 우주의 비인간성과 조화를 찾는 것일까? 아니면 억제되어 있지만 언제나 공격하고 갈기갈기 찢을 준비가 된 폭력성을 품고 있는 것일까? 원하는 대로 어떻게 설명하든 화가들은 성 히에로니무스와 사자를 함께 두기를 좋아했다.(필경사의 일상적인 실수 덕택에, 발바닥에 박힌 가시의 이야기를 사실로 받아들이면서.) 그리고 함께 있는 그들

---

66 에우세비우스 히에로니무스(Eusebius Hieronymus, 347?~419?). 크로아티아 남서부의 달마티아 지방에서 태어난 초기 교회의 교부(敎父)로, 동방을 여행하면서 히브리어와 그리스어를 공부했고, 로마로 돌아와 교황 다마수스 1세(재위 366~384)의 위탁에 따라 성경을 라틴어로 번역했다. 그의 라틴어 번역본 성경을 가리켜 일반적으로 『불가타(또는 불가타) 성경』이라 부른다. 히에로니무스의 생애는 사자와 관련된 일화가 특히 유명한데, 그가 동방의 광야에 있을 때 사자의 발에 박힌 커다란 가시를 빼 주자 사자가 언제나 그의 곁을 떠나지 않았다고 한다.

67 성 게오르기우스(Georgius, 270?~303?). 시리아 태생의 초기 그리스도교 순교자로 디오클레티아누스 황제(재위 284~305)의 박해 때 순교한 것으로 전해진다. 그는 특히 시리아의 어느 고장 사람들을 괴롭히던 드래곤을 죽이고 제물로 바쳐진 공주를 구해 낸 전설로 유명하며, 중세 이후 이 전설과 관련된 예술 작품이 많이 탄생했다.

을 보면서, 특별히 은둔자 혹은 사자가 아니라(게다가 종종 둘은 서로 닮은 모습을 하고 있다.) 한 쌍의 그들에게서, 그림과 형상과 대상과 풍경 전체에서 나 자신을 확인하려고 노력하다 보면 만족감과 안도감을 느끼곤 했다.

풍경에서 읽기와 쓰기의 대상은 바위와 풀과 도마뱀 사이에 자리를 잡고 있으며, 광물-식물-동물 연속성의 산물이자 도구가 된다. 은둔자의 장식물 중에는 해골도 있다. 글로 쓰인 낱말이 언제든 글을 쓴 사람이나 읽을 사람에 의해 지워질 수 있음을 의미한다. 불분명한 자연은 자신의 담론 안에 인간의 담론을 포괄한다.

하지만 우리는 사막이나 정글, 로빈슨 크루소의 섬에 있는 게 아니라는 점을 주목하기 바란다. 도시는 바로 한 걸음 옆에 있다. 은둔자의 그림은 거의 언제나 도시를 배경으로 하고 있다. 뒤러[68]의 판화 하나는 도시가 완전히 점령하고 있다. 사각형 탑과 뾰족한 지붕 들이 새겨진 나지막한 피라미드, 전경(前景)의 둔덕 위에 납작한 모습의 은둔자가 도시 쪽으로 등을 돌리고 있으며, 수도사의 두건 아래로 책에서 시선을 떼지 않고 있다. 렘브란트의 드라이포인트 동판화[69]에서 높은 곳의 도시는 주변으로 주둥이를 돌리고 있는 사자

---

68 Albrecht Dürer(1471~1528). 독일의 화가이자 판화가로, 뒤이어 언급되는 판화는 1519년의 작품 「독서 중인 성 안토니우스」를 가리키는 것으로 짐작된다.

69 여기에서 말하는 렘브란트(Rembrandt Harmenszoon van Rijn, 1606~1669)의 동판화는 1653~1654년경에 제작된 「이탈리아 풍경에서 독서하는 성 히에로니무스」를 말한다.

위로 솟아 있고, 그 아래의 은둔자는 호두나무 그늘에서 챙이 넓은 모자를 쓰고 행복하게 책을 읽고 있다. 저녁이 오면 은둔자는 창문에 불빛이 켜지는 것을 본다. 바람결에 축제의 음악이 실려 온다. 원한다면 십여 분만에 사람들 사이로 돌아갈 수도 있다. 은둔자의 힘은 얼마나 먼 곳에 가서 머무르느냐가 아니라, 시야에서는 절대 멀어지지 않으면서 도시에서 충분히 벗어나는, 그리 멀지 않은 거리에 머무르느냐로 측정된다.

그 외로운 작가는 자신의 서재 안에 있는 모습으로 표현되기도 하는데, 만약 사자가 없다면 서재에서의 성 히에로니무스는 성 아우구스티누스[70]와 혼동되기 쉽다. 글을 쓰는 직업은 개개인의 삶을 균일하게 만들며, 책상 앞에 앉은 사람은 책상 앞에 앉은 다른 모든 사람과 비슷하다. 그런데 사자뿐만 아니라 공작새(안토넬로 다 메시나[71], 런던), 어린 늑대(뒤러, 다른 판화[72]), 몰타산(産) 강아지(카르파초[73], 베네치아) 등도 신중한 외부 전령으로서 학자의 외로움을 방문한다.

---

70 아우구스티누스(Aurelius Augustinus, 354~430). 로마 시대 말기에 아프리카의 누미디아에서 태어난 철학자이며 대표적인 교부(教父)로 후에 성인으로 시성되었다. 총 13권으로 이루어진 『고백록』이 대표적인 저술로 꼽힌다.

71 Antonello da Messina(1430~1479). 이탈리아 시칠리아 출신의 화가. 본문에서 인용되는 「서재의 성 히에로니무스」는 1474년경의 작품으로 런던의 내셔널 갤러리에 소장되어 있다.

72 여기에서 말하는 뒤러의 작품은 「서재의 성 히에로니무스」로 1514년에 제작되었으며, 현재 런던 대영박물관에 소장되어 있다.

73 Vittore Carpaccio(1460?~1525?). 베네치아 화파의 화가. 본문에서 인용되는 「서재의 성 히에로니무스」는 1502~1504년에 제작된 연작 중 하나로 현재 베네치아의 스쿠올라 디 산조르조 델리 스키아보니 미술관에 소장되어 있다.

이러한 실내 그림에서 중요한 것은 명백하게 구별되는 일정한 수의 대상이 일정한 공간 속에 배치되어 있으며, 그 표면 위로 빛과 시간이 흘러가도록 방치되어 있다는 것이다. 제본된 책, 양피지 두루마리, 모래시계, 천체 관측의(觀測儀), 조개껍질, 천장에 매달린 채 하늘이 어떻게 회전하는지 보여 주는 천구의(天球儀. 뒤러의 판화에서는 그 자리에 호박이 매달려 있다.)가 그렇다. 성 히에로니무스-성 아우구스티누스는 안토넬로의 그림에서처럼 캔버스의 한가운데에 앉아 있는 모습으로 묘사되기도 하지만, 우리는 그 초상화가 대상의 목록을 담고 있을 뿐만 아니라 서재라는 마음의 공간, 지성의 백과사전적 이상, 지성의 질서, 분류들, 평온함을 재현하고 있다는 것을 안다.

또는 지성의 불안감이 재현되기도 한다. 보티첼리[74]의 성 아우구스티누스(우피치[75])는 계속해서 종이들을 구겨 탁자 밑의 바닥에다 내동댕이치면서 신경질을 부리기 시작한다. 몰입된 평온함, 집중, 편안함이 지배하는 서재에도(나는 지금 계속해서 카르파초를 바라보고 있다.) 고압 전류가 흐른다. 주위에 흩어져 펼쳐진 책들은 스스로 페이지를 넘기고, 매달린 천구의는 흔들거리며, 햇살은 창문으로 비스듬하게 들어오고, 강아지는 주둥이를 들고 있다. 내적인 공간 안에 지

---

74 Sandro Botticelli(1445~1510). 르네상스 시대의 대표적인 화가. 본문에서 인용되는 작품은 1490~1494년에 완성된 템페라화 「독방의 성 아우구스티누스」로 우피치 미술관에 소장되어 있다.
75 이탈리아 피렌체에 있는 미술관.

진의 기운이 감돈다. 지성의 조화로운 기하학이 편집증적 집착의 경계선을 스치고 있는 것이다. 그게 아니라면 외부의 폭발 굉음이 창문을 흔드는 것일까? 도시가 은둔자의 황량한 풍경에 하나의 의미를 부여하는 것처럼, 서재는 고유의 고요함과 질서 속에서 지진계의 진동을 기록하는 장소이다.

벌써 몇 년 전부터 나는 여기 틀어박혀 바깥으로 코를 내밀지 않는 수천 가지 이유를 곰곰이 생각하고 있는데, 내 영혼을 평온하게 해 줄 이유는 하나도 찾지 못했다. 혹시 이런 식으로 나 자신을 보다 외향적으로 표현하고 있음을 후회하는 것일까? 한때는 여러 미술관을 돌아다니면서 성 게오르기우스와 드래곤[76]을 비교하고 질문하느라 걸음을 멈추기도 했다. 성 게오르기우스의 그림들에는 몇 가지 장점이 있었다. 즉 화가가 성 게오르기우스를 그려야 한다는 사실을 기쁘게 여겼다는 게 드러난다. 성 게오르기우스를 독실하게 믿었던 것도 아니면서, 주제가 아닌 그림만을 믿으며 화가들이 그렇게 그릴 수 있었던 이유는 무엇일까? 성 게오르기우스의 신분은 불안정했고(신화 속의 페르세우스를 너무나 닮은 전설의 성인으로서, 동화 속의 남동생을 너무나 닮은 신화의 영웅으로서), 화가들은 언제나 약간은 '원초적인' 시선으로 그를 바라볼 정도로 언제나 그것을 의식하고 있었던 듯하다. 하지만 화가와 작가 들은 수많은 형식을 거쳐 전해져 온 이야기를 믿을 때처럼 그를 믿기도 했다. 이야기를 그리

---

76 일반적으로 '용(龍)'으로 번역하지만, 여러 가지 면에서 동양의 환상적 동물 용과는 다르기 때문에, 영어식 표기에 따라 드래곤으로 표기한다.

고 또다시 그리고, 쓰고 또다시 쓰는 방식으로, 설사 사실이 아니더라도 사실이 되어 버리는 방식으로 말이다.

화가들의 그림에서도 성 게오르기우스는 타로 카드의 '검의 기사'와 다르지 않게 언제나 개성 없는 얼굴을 하고 있으며, 드래곤과 그의 싸움은 시간 너머에서 고정된 문장(紋章)의 모습 그대로다. 카르파초의 작품처럼[77] 그가 창을 겨누고 말을 타고 달리고, 캔버스의 자기 쪽 절반으로부터 맞은편 절반에서 달려드는 드래곤을 향해 돌진하고, 또 사이클 선수처럼 머리를 숙이고 집중된 표정으로 공격하는 장면도 그렇다.(주위의 세부 묘사 중에는 부패 단계에 따라 이야기의 시간적 전개 과정을 재구성하는 시체들의 달력도 있다.) 또는 루브르에 있는 라파엘로[78]의 작품처럼, 말[馬]과 드래곤이 마치 모노그램처럼 중복되어 있고, 성 게오르기우스는 위에서 아래로 드래곤의 목 안으로 창을 찔러 천사의 외과 수술 작업을 수행하는 장면 역시 마찬가지다.(여기에서 이야기의 나머지 부분은 땅바닥에 부러진 창과 온화한 처녀의 놀란 표정에 압축되어 있다.) 아니면 시퀀스로서 공주, 드래곤, 성 게오르기우스, 짐승(공룡!)이 중심되는 요소로 제시되거나(파올로 우첼로[79], 런

---

77 여기에서 인용되는 카르파초의 성 게오르기우스의 생애에 관한 작품들도 베네치아의 스쿠올라 디 산조르조 델리 스키아보니 미술관에 소장되어 있다.

78 Raffaello Sanzio(1483~1520). 이탈리아의 화가로 르네상스 예술의 거장 중 한 사람으로 꼽힌다. 그가 그린 「성 게오르기우스와 드래곤」은 파리의 루브르 박물관에 소장되어 있다.

79 Paolo Uccello(1397~1475). 르네상스 시대 이탈리아 화가. 본문에서 인용하는 그림 「성 게오르기우스와 드래곤」은 각각 런던의 내셔널 갤러리와 파리의 자크마르 앙드레 박물관에 소장되어 있다.

던과 파리) 또는 성 게오르기우스가 저쪽 뒷부분의 드래곤을 전경에 있는 공주로부터 떼어 놓는 장면도 그렇다.(틴토레토[80], 런던)

어떠한 경우든 성 게오르기우스는 우리의 눈앞에서 자신의 임무를 수행하는데, 언제나 갑옷 속에 갇혀 있으며, 자신에 대한 것을 하나도 드러내지 않는다. 행동 위주의 인물에게 심리학은 어울리지 않는다. 어쩌면 심리학은 격노하여 몸부림치는 드래곤에게 훨씬 어울릴지도 모른다. 적이자 괴물이자 패배자는, 승리자 영웅이 꿈에도 갖고 있지 않은(또는 드러내지 않으려고 조심하는) 파토스를 갖고 있다. 여기에서 조금만 더 나아가면 드래곤이 바로 심리라고도 할 수 있다. 아니, 그것은 프시케이며, 성 게오르기우스가 직면하는 자신의 어두운 심연이며, 이미 많은 젊은이와 처녀를 갈기갈기 찢은 적이며, 혐오스러운 이질성의 대상이 되는 내면의 적이다. 그것은 세상 속에 투영된 에너지의 이야기인가, 아니면 내면적 성찰의 일기인가?

다른 그림들은 이어지는 단계를 표현하고 있으며(바닥에 쓰러진 드래곤은 땅 위의 얼룩, 쭈그러든 껍데기이다.) 거기에서는 자연과의 화해를 축하하고, 그리하여 나무와 바위가 자라나 그림 전체를 뒤덮고, 기사와 괴물의 작은 형상은 한쪽

---

80 Tintoretto(본명은 Jacopo Comin, 1518~1594). 르네상스 시대 베네치아 화파의 대표적인 화가. 본문에서 인용하는 그림 「성 게오르기우스와 드래곤」은 런던의 내셔널 갤러리에 소장되어 있다.

구석으로 물러나 있다.(알트도르퍼[81], 뮌헨; 조르조네[82], 런던) 아니면 그것은 영웅과 공주를 중심으로 다시 소생한 사회의 축제이다.(피사넬로[83], 베로나 그리고 스키아보니 미술관에 있는 카르파초의 연작 시리즈 작품)(함축된 의미에 따르면, 애처롭게도 성인인 영웅은 결혼식은 올리지 못하고 세례만 받는다.) 성 게오르기우스는 드래곤을 공개적인 의식에서 처형하기 위해 밧줄로 묶어 광장으로 끌고 간다. 하지만 악몽에서 해방된 도시의 이 축제에서 미소를 짓는 사람은 아무도 없다. 모든 사람들의 얼굴이 무겁다. 나팔 소리와 북소리가 울리고, 우리가 보러 온 것은 사형 집행이다. 성 게오르기우스의 칼은 허공에 정지해 있고, 우리는 모두 숨을 멈추고 있다. 드래곤은 단순히 적이자 다른 것, 타자일 뿐만 아니라 바로 우리 자신이며, 우리가 판단해야 하는 우리 자신의 일부라는 사실을 이해하게 될 순간이다.

베네치아에 있는 스키아보니 미술관의 벽면을 따라 성 게오르기우스와 성 히에로니무스의 이야기는 마치 한 편의 이야기처럼 하나하나 계속해서 이어진다. 어쩌면 그것은 한 편의 이야기, 같은 인물의 삶, 젊음과 성숙함과 노년과 죽음

---

81 Albrecht Altdorfer(1480?~1538). 르네상스 시대 독일의 화가이자 건축가. 본문에서 인용하는 그림은 뮌헨의 알테 피나코테크 박물관에 소장되어 있다.
82 Giorgione(1477?~1510). 르네상스 전성기 이탈리아 베네치아 화파의 대표적인 화가. 본문에서 인용하는 그림은 「황혼」으로 알려진 작품의 부분으로, 런던의 내셔널 갤러리에 소장되어 있다.
83 Pisanello(본명은 Antonio di Puccio Pisano, 1395?~1455?). 이탈리아의 화가. 본문에서 인용하는 그림은 이탈리아 북부의 도시 베로나에 있는 산타 아나스타시아 교회의 벽면에 그려진 프레스코화이다.

으로 이어지는 삶일지도 모른다. 나로서는 기사로서의 임무와 지혜의 정복을 하나로 연결할 흔적을 찾는 수밖에 없다. 하지만 만약 바로 지금 내가 성 히에로니무스를 밖으로 향하게 뒤집고, 성 게오르기우스를 안으로 향하게 뒤집을 수 있다면?

곰곰이 생각해 보자. 잘 살펴보면 이 두 이야기의 공통 요소는 광폭한 동물, 그러니까 적인 드래곤 또는 친구인 사자와의 관계이다. 드래곤은 도시에 위협을 가하고, 사자는 외로움에 위협을 가한다. 어쩌면 둘은 같은 동물일 수도 있다. 말하자면 우리가 우리의 내면이나 바깥에서, 공적으로나 사적으로 만나는 광폭한 짐승이다. 도시에서 거주할 때는, 광폭한 짐승에게 우리의 자식을 내주면서 그의 조건을 받아들여서는 안 된다. 외로움 속에서 거주할 때는 광폭한 짐승의 발에 가시 하나가 박혀 위협을 가하지 않는다고 해서 자신이 평온하다고 믿어서는 안 된다. 이야기의 영웅은 도시 안에서 드래곤의 목에 창을 겨누는 자이며, 외로움 속에서도 자신의 힘을 고스란히 간직하고 있는 사자를, 야수의 성격은 가지고 있지만 보호자이며 길들인 천재로 받아들이는 자이다.

그러니까 나는 결론을 내리는 데 성공했고, 스스로 만족한다고 믿고 싶다. 하지만 혹시 너무 교훈적인 결론은 아닐까? 다시 한 번 읽어 본다. 모두 찢어 버릴까? 보자. 맨 처음 말해야 할 것은, 성 게오르기우스와 성 히에로니무스의 이야기는 이전이나 이후가 있는 이야기가 아니라는 점이다.

우리 모두는 우리 시야에 한눈에 들어오는 그림들이 있는 방의 한가운데에 있다. 문제의 등장인물은 자기가 행하고 생각하는 모든 것에서 현자이며 기사가 되는 데 성공하거나, 아니면 아무도 아닐 것이며, 그 동일한 짐승은 도시의 일상적인 살육에서는 적인 드래곤이면서 동시에 생각들의 공간 속에서는 보호자인 사자이다. 그리고 함께 모아 놓은 그 두 가지 형식 안에서가 아니면 대비를 허용하지도 않는다.

그렇게 나는 모든 것을 제자리에 두었다. 최소한 페이지 위에서는 그렇다. 나의 내부에서는 모든 것이 전과 똑같다.

광기와 파괴의 이야기 세 개

　　우리는 이 기름때 묻은 두꺼운 종잇조각이 대가들의 그림, 비극의 무대, 시와 소설의 도서관이 되는 것을 보았다. 그러니까 카드의 신비로운 그림들을 뒤따라가기 위해, 땅바닥에 맞붙은 낱말들을 말없이 되새기던 것이 이제 조금씩 위로 떠오르게 되었으니, 조금 더 높이 날도록, 깃털이 더 많은 낱말의 날개를 퍼덕거리도록 시도해 볼 수 있을 것이다. 혹시 극장의 맨 끝 좌석에서도 들린다면, 그 날갯짓 소리의 울림에, 삐걱거리는 무대의 좁먹은 장치들이 왕궁과 전쟁터로 바뀔 수도 있다.

　　실제로 지금 다투기 시작한 세 사람은 마치 연설하는 것처럼 엄숙한 몸짓을 했으며, 세 사람 모두 같은 카드를 손가락으로 가리키면서, 각각의 손과 과거를 회상하는 듯 찡그린 표정으로, 그 그림들은 저런 것이 아니라 이런 것으로 이해해야 한다는 것을 보여 주기 위해 노력했다. 그러다가 마침내 관습과 언어에 따라 '탑', '하느님의 집', '악마의 집' 등으로 이름이 달라지는 카드에서, 마치 풍성한 금발(지금은 새하

안) 머리카락을 긁으려는 듯 검을 갖다 대고 있는 젊은이는,
밤의 어둠 속에 나타난 유령을 보고 보초들이 공포에 질려
기절했을 때의 엘시노어[84] 성 앞의 둔덕을 알아보았다. 당당
하게 다가오는 유령은 회색 수염과 눈부신 갑옷과 투구에서
타로 카드의 '황제'와도 닮아 보였고, '정의'를 요구하기 위해
돌아온 덴마크의 죽은 왕과도 비슷했다. 그와 같이 미심쩍
은 모습에서 카드들은 젊은이의 말 없는 질문에 도움을 주
었다. "무엇 때문에 그대 무덤의 무거운 뚜껑이 다시 열리고,
그대의 시체는 강철 옷을 입고, 달 아래 우리의 세상을 다시
방문하면서 '달'의 빛살을 공포에 곤두서게 만드는가?"

그러자 흔들리는 눈빛의 어느 귀부인이 그를 가로막으
면서, 그 똑같은 '탑'에서, 마녀들이 모호하게 예고했던 복수
가 터져 나올 때의 던시네인[85] 성을 알아보았다고 주장했다.
버남 숲이 움직여 언덕의 경사면을 기어오르고, 수많은 나
무의 무리가 땅 위로 비틀거리며 걷는 뿌리 위에서 앞으로
나아오고, '막대기 10'처럼 나뭇가지들을 뻗어 성을 공격할
것이다. 그리고 찬탈자는 알게 될 것이다, 칼의 절단으로 태
어난 맥더프가 한바탕 '검'을 휘둘러 자기 머리를 자를 사람
이라는 것을. 그렇게 카드들의 불길한 결합은 나름의 의미를
전달할 것이다. '여교황' 또는 예언하는 마녀, '달' 또는 얼룩

---

84 덴마크 동부의 항구 도시로 원래의 덴마크어 이름은 헬싱괴르이며, 셰익
스피어가 쓴 『햄릿』의 주요 무대이다. 뒤이어 나오는 이야기는 모두 셰익스피
어의 비극과 관련되어 있다.
85 스코틀랜드의 언덕으로 셰익스피어의 『맥베스』에서 언급된다. 뒤이어 말
하는 버남 숲과 가깝다.

고양이가 세 번 울고, 고슴도치가 울고, 전갈과 두꺼비와 뱀들이 수프용으로 붙잡히는 밤, 그리고 '운명의 수레바퀴' 또는 부글거리는 솥의 휘저음이 그러한데, 그 안에서는 마녀의 미라가 염소의 쓸개, 박쥐의 털, 태아의 뇌, 족제비의 내장, 똥 누는 고양이의 꼬리와 함께 용해되고 있으며, 똑같은 방식으로 마녀들이 자신들의 혼합물 속에 뒤섞는 가장 무의미한 기호들이 조만간 결국에는 나름의 의미를 발견하고, 당신을, 당신과 당신의 논리를 엉망진창으로 만들어 버린다.

그런데 어느 노인의 떨리는 손가락도 그 '탑'과 '번개'의 아르카눔을 가리키고 있었다. 노인은 다른 손으로 '성배의 왕' 그림을 위로 들어 올렸는데, 분명히 자신을 알아보도록 하기 위해서였다. 왜냐하면 버림받은 몸에는 왕을 상징하는 것이 아무것도 남아 있지 않았기 때문이다. 잔인무도한 두 딸은 그에게 세상에 아무것도 남겨 주지 않았고(그는 왕관을 쓴 잔인한 귀부인의 초상화 두 장과 '달'의 황량한 풍경을 가리키면서 그것을 말하는 것처럼 보였다.) 지금은 그 카드마저 빼앗으려고 했다. 그 카드는 바로 그가 자신의 왕궁에서 쫓겨났고, 마치 쓰레기통을 비우듯이 성벽 밖으로 내동댕이쳐졌고, 원소들의 광폭함에 방치되었음을 보여 주는 증거였다. 지금 그는 폭풍우와 비와 바람 속에서 살고 있었는데, 마치 어떤 집도 가질 수 없는 듯 보였고, 마치 이 세상에는 우박과 천둥과 폭풍우 외에는 아무것도 허용되지 않는 것 같았으며, 그와 마찬가지로 그의 마음에는 이제 오직 바람과 번개와 광기만이 거주하는 것 같았다. '불어라, 바람이여, 네 뺨이 터질 때까지! 태풍이여, 홍수여, 종탑이 물속에 잠기고 풍향계가 빠지도록 넘쳐흘러라! 생각보다 더 빠른 유황의 섬광이여, 떡갈나무를 쪼개는 번개의 전령이여, 내 하얀 머리카락을 까맣게 태워라! 그리고 너, 천둥이여, 세상을 뒤흔들어라! 지구의 두께를 짓눌러 납작한 원반으로 만들어라! 자연의 주형(鑄型)을 깨뜨려 버려라! 인류의 파렴치한 본질을 영속시키는 염색체를 흩어 버려라!' 이런 생각의 폭풍우를 우리는 우리 한가운데에 앉아 있는 그 늙은 왕의 눈에서 읽을 수 있었다. 그의 구부정한 어깨는 더 이상 담비 모피의 망토가 아니라 '은둔자'의 수도복 한구석에 틀어박혀 있었는데, 마치 그의 어리석음에 대한 거울이자 유일한 뒷받침인 '광대'와 함께 아무런 보호도 없이 등불에 의지하여 아직도 황무지를 방황하고 있는 것처럼 보였다.

하지만 처음의 젊은이에게 '광대'는, 복수의 계획을 보다 면밀히 검토하고 숙부와 어머니 거트루드의 죄가 드러나면서 혼란에 빠진 마음을 감추기 위해, 그가 자기 자신에게 부여한 역할에 지나지 않았다. 만약 그것이 노이로제라면 거기에는 방법이 있고, 또한 모든 방법에는 노이로제가 있는 법이다.(타로 카드의 이 게임에 못 박혀 있는 우리는 그것을 잘 알고 있다.) 그가, 햄릿이 우리에게 이야기하러 온 것은, 바로 젊은이와 노인의 관계였다. 노인의 권위 앞에서 자신이 약하다고 느낄수록 젊음은 자신에 대해 더욱 극단적이고 절대적인 관념을 형성하도록 이끌리고, 더욱더 엄습해 오는 친척들의 유령에 지배당하게 된다. 젊은이들 역시 노인들에게 그에 못지

않은 혼란을 안겨 준다. 그들은 마치 유령처럼 다가오고, 고개를 숙인 채 배회하면서 원한을 씹고, 노인들이 묻어 버린 회한을 떠오르게 하고, 노인들이 자기가 가진 것 중 최상이라고 믿는 것, 즉 경험을 무시한다. 그러므로 햄릿이 양말의 끈도 매지 않고 바로 코앞에다 책을 펼친 채 미친 짓을 하도록 내버려 두자. 과도기의 나이에는 정신의 혼란을 겪는 법이니까. 게다가 그의 어머니는 불시에 들이닥쳐 그가 ('연인') 오필리아 때문에 미치도록 만든다. 진단은 곧바로 내려진다. 이제 그것을 사랑의 광기라 부르자. 그러면 모든 것이 설명된다. 혹시라도 그 중간에 들어갈 사람이 있다면 바로 불쌍한 천사 오필리아일 것이다. 그녀를 표현하는 아르카눔은 '절제'로, 그것은 벌써 그녀가 물에서 죽으리라는 점을 예고한다.

그리고 '마술사'는 곡예사와 배우 들의 유랑 극단이 궁정에 공연을 하러 왔다고 알린다. 죄인들을 자신의 죄 앞에 세울 수 있는 기회이다. 연극은 살인자이며 간부(奸婦)인 '여황제'를 표현한다. 거기에서 거트루드를 알아보는가? 클로디어스는 당황하여 달아난다. 이 순간부터 햄릿은 숙부가 커튼 뒤에서 자신을 염탐한다는 것을 알게 된다. 움직이는 커튼을 향해 멋지게 '검'을 한 번 휘두르는 것만으로도 충분할 것이다. 그러면 왕은 쭉 뻗어 쓰러질 것이다. 쥐! 쥐! 내가 쥐를 잡겠다! 하지만 말도 안 돼. 거기 숨어 있는 것은 왕이 아니라('은둔자' 카드가 보여 주듯이) 늙은 폴로니어스였다. 거의 빛을 던져 주지 못한 그 불쌍한 염탐꾼은 엿듣는 자세로 영원히 못 박혀 버렸다. 햄릿, 너는 아무것도 성공하지 못하는

구나! 너는 네 아버지의 그림자를 편안하게 해 주지도 못했고, 네가 사랑하던 아가씨를 고아로 만들었구나. 네 성격은 관념적인 정신을 성찰하는 데나 적합한 모양이다. '동전의 시종'이 원형 그림, 아마 초지상적인 조화의 도형인 '만다라 (曼茶羅)'를 관조하느라 몰입해 있는 네 모습을 그린 것은 우연이 아니다.

비교적 덜 관조적인 우리의 여자 동료, 아니면 '검의 여왕' 또는 맥베스 부인은 '은둔자'의 카드를 보고 당황한 것 같았다. 어쩌면 거기에서 새로운 유령의 출현을 보았는지도 모른다. 살해당해 죽은 뱅코의 두건을 뒤집어쓴 유령은 성의 복도를 따라 힘들게 다가와서는 연회의 명예로운 자리에 초대받지 않은 채로 앉아, 수프 속으로 피 묻은 머리카락을 한 움큼씩 툭툭 떨어뜨린다. 아니면 그녀는 거기에서 살아 있는 자기 남편, 잠을 죽인 맥베스를 알아보았는지도 모른다. 그는 한밤중에 등불을 들고, 베갯잇을 더럽히기 싫어하는 모기처럼 망설이면서 손님들의 방을 방문한다. "피 묻은 손, 창백한 심장!" 아내가 그를 부추기고 충동질한다. 하지만 그렇다고 그녀가 그보다 훨씬 나쁘다는 의미는 아니다. 훌륭한 부부답게 서로 역할을 나누었을 뿐이다. 결혼이란 서로 충돌하는 두 이기주의의 만남이며, 거기에서 시민 사회의 토대를 위협하는 틈이 퍼진다. 공적인 선의 기둥들은 결국 사적인 야만성이라는 독사의 껍질 위에 세워져 있기 때문이다.

하지만 우리는 또한 '은둔자'에서 훨씬 더 사실적으로 리어 왕이 자신의 모습을 알아보는 것을 보았다. 미쳐서 방랑하는 그는 천사 같은 코딜리아를 찾아다닌다.(여기에서 '절제'는 잃어버린 또 다른 카드로, 이번에는 오로지 그의 잘못 때문이었다.) 자신이 리간과 고너릴의 속임수에 관심을 기울였기 때문에 이해하지 못하고 부당하게 내쫓았던 딸을 말이다. 딸들과 무슨 일을 하든 아버지는 실수하는 법이다. 권위적이든 허용적이든, 부모에게는 누구도 절대 고맙다고 말하지 않는다. 각 세대는 서로를 냉정하게 바라보고, 서로에게 이야기를 하면서도 이해하지 못하며, 불행하게 성장하고 실망한 채 죽어 가게 되었다고 서로를 비난할 뿐이다.

코딜리아는 도대체 어디로 간 것일까? 어쩌면 더 이상 피난처도 없고 입을 옷도 없이 황무지로 달아나 웅덩이의 물을 마실지도 모른다. 마치 새들이 물어다 주는 기장 낱알을 먹고살았던 이집트의 성녀 마리아[86]처럼. 그러니까 그것이 아르카눔 '별'이 의미하는 것일 수 있는데, 하지만 거기에서 맥베스 부인은 몽유병에 걸린 자신의 모습을 알아보았다. 한밤중에 일어나 옷도 입지 않고 눈도 감은 채 자기 손의 피 묻은 얼룩을 바라보며 씻어 내려고 부질없는 노력을 한다. 하지만 또 다른 것이 필요하다! 피의 냄새는 사라지지 않는다. 그 자그마한 손을 깨끗이 하기 위해서는 아라비아의 향수를 모두 가져다 써도 부족하다.

햄릿은 그런 해석에 반대한다. 그는 자기 이야기에서(아르카눔 '세계') 오필리아가 미쳐서 의미 없는 말과 허튼소리를

---

[86] 이집트의 성녀 마리아(344?~421?)는 거리의 여자였다가 참회하여 수녀가 되었고 이후 남은 생애 동안 요르단의 사막에 은둔하여 살았다고 한다.

중얼거리고, 화관(미나리아재비, 쐐기풀, 데이지, 그리고 길쭉한 형태의 꽃으로 저속한 목동들은 천박한 이름을 부여하고 우리의 정숙한 아가씨들은 죽은 자의 남근이라 부르는 꽃들)을 두르고 들판을 방황하는 부분까지 이르렀다. 그리고 이야기를 계속하기 위해서는 오필리아가 보이는 바로 그 카드, 제17번 아르카눔이 필요했다. 그녀는 어느 개울의 기슭에서 유리 같고 끈적거리는 물을 향해 몸을 내밀고 있는데, 잠시 후면 그 물에 빠져 죽고 그녀의 머리카락은 녹색 곰팡이로 물들 것이다.

햄릿은 공동묘지의 무덤들 사이에 숨어 광대 요릭의 턱이 빠진 해골을 들어 올리고 '죽음'에 대해 생각한다.(그러니까 '동전의 시종'이 손에 든 둥근 물체는 바로 이것이다!) 전문가 '광대'가 죽은 곳에서, 의례적인 코드에 따라 그에게서 발산되고 거울처럼 투영되었던 파괴의 광기는, 자기 자신에 대해서도 무방비 상태인 군주와 신하 들의 언어 및 행동과 뒤섞인다. 햄릿은 자신이 손을 대는 곳마다 실수만이 쌓인다는 것을 알고 있다. 그가 사람을 죽일 수 없다고 생각하는가? 하지만 그가 할 수 있는 일은 그것뿐이다! 문제는 언제나 표적을 잘못 맞힌다는 것이다. 그는 늘 자기가 죽이려던 이가 아닌 다른 사람을 죽인다.

두 개의 '검'이 결투에서 교차하고 있다. 같은 검처럼 보이지만, 하나는 날카롭고 다른 하나는 뭉툭하며, 하나는 독이 묻어 있고 다른 하나는 깨끗하다. 어떠한 경우든 언제나 젊은이들이 서로를 먼저 죽인다. 레어티즈와 햄릿, 만약 좋은 운명이었다면 그들은 처남과 매부 사이였을 것이며, 서로의

살해자와 희생자가 아니었을 것이다. 클로디어스 왕은 '성배' 안에다 진주 하나를 넣었는데, 그것은 바로 조카에게 먹일 독이 든 알약이었다. 안 돼, 거트루드, 마시지 마! 하지만 왕비는 목이 말랐고, 너무 늦었다! 햄릿의 칼은 너무 늦게 왕을 찔렀으니, 벌써 5막이 끝나고 있다.

세 비극 모두에서 승리자 왕의 '전차'는 막이 내림을 의미한다. 노르웨이의 포틴브라스는 발트 해의 창백한 섬에 상륙한다. 왕궁은 조용하고, 왕은 대리석 기둥들 사이로 들어간다. 하지만 여기는 시체 안치소다! 덴마크의 왕가 모두가 죽어 있다. 오, 거만하고 거들먹거리는 '죽음'이여! 출구 없는 너의 동굴 안에서 벌이는 어떤 호화로운 축제에 초대하기 위해 너는 네 낫-종이칼로 『고타 연감』[87]을 뒤적이면서 지체 높은 인물들을 단 한 방에 쓰러뜨렸느냐?

아니, 포틴브라스가 아니다. 코딜리아의 신랑인 프랑스 왕이 리어 왕을 돕기 위해 영국 해협을 건너, 도착적인 두 라이벌 공주가 원하는 글로스터의 서자의 군대를 가까이에서 공격하지만, 새장 속에 갇혀 마치 새처럼 노래하고 나비를 보며 웃던 미친 왕과 공주를 구해 내지는 못할 것이다. 자객이 몇 분만 늦어도 처음으로 왕가에 잠깐이나마 평화가 지배하는 순간이 오련만. 하지만 그는 정확하게 도착하고, 코딜리아의 목을 조르고 리어 왕에게 자기 목이 졸릴 것이다.

---

87 유럽의 고위 귀족들과 왕가의 계보와 관계 등을 기록한 책으로 1763년 독일의 작세-고타-알텐부르크(Saxe-Gotha-Altenburg) 공작의 궁정에서 초판이 발행되었다.

왕은 외친다. "말이나 개나 쥐도 생명이 있는데, 무엇 때문에 코딜리아는 숨을 쉬지 않느냐?" 그리고 켄트, 충실한 켄트는 왕을 위해 이렇게 기원하는 수밖에 없다. "터져라, 심장아, 제발 터져 버려라!"

아니면 노르웨이 왕도 아니고 프랑스 왕도 아니고, 바로 스코틀랜드 왕, 맥베스가 찬탈한 왕위의 합법적 후계자라면, 그의 전차가 영국군의 선두에 서고, 마침내 맥베스는 이렇게 말하지 않을 수 없을 것이다. "'태양'도 지긋지긋하구나. 나는 '세상'의 통사론(統辭論)이 와해되고, 이 카드들이 2절판 책의 종잇장, 재난의 거울이 깨진 조각과 뒤섞이기를 원하노라."

메모

이 책을 구성하는 두 개의 텍스트 중 「교차된 운명의 성」은 『타로 카드, 베르가모와 뉴욕의 비스콘티[88] 카드(Tarocchi, Il mazzo visconteo di Bergamo e New York)』(프랑코 마리아 리치 출판사, 파르마, 1969)에 실려 처음 소개되었다. 이 책에서 텍스트와 함께 나오는 그림은 바로 리치 판본에서 원래의 크기와 색깔로 재생된 세밀화이다. 원래 그림은 보니파초 벰보[89]가 15세기 중엽 밀라노의 공작들을 위해 세밀화로 그린 것이며, 그중 일부는 현재 베르가모의 '아카데미아 카라라'에, 또 일부는 뉴욕의 '모건 라이브러리'에 소장되어 있다. 벰보의 카드 일부는 소실되었는데, 소실된 카드 중에는 내 이야기에서 매우 중요한 '악마'와 '탑' 카드도 있다. 따라서 내 텍스트 중 그 두 장이 언급되는 곳에는 해당 그림을 주변에 배치할 수 없었다.

두 번째 텍스트 「교차된 운명의 선술집」은 오늘날 국제적으로

---

[88] 이탈리아 북부의 귀족 가문으로 특히 13세기 후반부터 15세기 중반까지 밀라노를 통치했으며, 그 이후에는 스포르차 가문이 밀라노를 지배했다. 가장 오래된 타로 카드로 알려진 비스콘티 카드는 그 두 가문이 교체될 무렵에 제작되었다.

[89] Bonifacio Bembo. 15세기 중엽에 활동한 르네상스 시대 이탈리아 화가.

더 널리 알려진(특히 초현실주의 이후 문학적으로 크게 성공한) 타로 카드를 이용해 똑같은 방식으로 구성한 것이다. 사용된 카드는, 1761년 마르세유에서 '카드의 거장' 니콜라 콩베르가 인쇄한 카드를 나중에 폴 마르토가 확정한 일종의 비평판으로 다시 인쇄한, 그리모 출판사의 『마르세유의 옛 타로 카드(L'Ancien Tarot de Marseille)』이다. 세밀화로 그린 카드에 비해 수는 줄었지만 색깔을 제외하면 고유의 함축성을 크게 상실하지 않은 채 그래픽으로 적절히 재생되었다. 마르세유 카드는 지금도 이탈리아 곳곳에서 게임 카드로 사용되는 카드와 크게 다르지 않다. 하지만 이탈리아 카드에서는 그림이 절반으로 잘려 뒤집힌 채 반복되는 것과 달리 여기에서는 조잡하면서도 동시에 신비로운 모습을 완벽하게 간직하고 있다. 따라서 다양하게 해석될 수 있는 그림을 이용해 이야기를 전개하는 나의 작업에 특히 적합하다.

'메이저 아르카나'의 프랑스어와 이탈리아어 이름은 약간씩 다르다. '하느님의 집(La Maison-Dieu)'은 이탈리아에서 '탑(La Torre)'이라 부르고, '심판(Le Jugement)'은 '천사(L'Angelo)', '연인들(L'Amoureux)'은 '사랑(L'Amore)' 또는 '연인들(Gli Amanti)', 단수 '별(L'Etoile)'은 복수 '별들(Le Stelle)'이 된다. 나는 경우에 따라 이런저런 이름을 혼용했다.(프랑스어 Le Bateleur와 이탈리아어 Il Bagatto는 두 언어의 기원이 모두 모호하며, 그 카드에서 유일하게 확실한 의미는 양쪽 모두에서 제1번 카드라는 점이다.)

나는 타로 카드를 조합적인 서사 장치로 활용하면 어떨까 하는 아이디어를 1968년 7월 우르비노에서 열린 '이야기의 구조에 대한 국제 세미나'에서 「카드 점(占)의 이야기와 표상들의 언어」를 발표한 파올로 파브리에게서 얻었다. 점술(占術)을 위한 카드들의 서사 기능에 대한 분석은 M. I. 레콤체바와 B. A. 우스펜스키의 「기호 체계로서의 카드 점」과, B. F. 에고로프의 「가장 단순한 기호 체계와 플롯의 유형론」(이탈리아어 번역본, 「기호 체계들과 소련의 구조주의」, 레모 파카니와 움베르토 에코 편, 봄피아니 출판사, 밀라노, 1969)에서 처음 제시되었다. 하지만 그런 연구가 내 작업에 방법론적 기여를 했다고 할 수는 없다. 내가 그런 연구로부터 받아들인 것은, 모든 카드는 배열의 연속선상에서 어떤 위치를 차지하느냐에 따라 의미가 달라진다는 것이었다. 그리고 그런 아이디어에서 출발하여 나는 내 텍스트의 요구에 따라 독자적인 방식으로 움직였다.

타로 카드의 상징적 해석과 카드 점에 관한 문헌이 아주 방대하다는 것은 충분히 인식했지만, 그것이 내 작업에 많은 영향을 끼쳤다고는 생각하지 않는다. 나는 특히 타로 카드에 대해 전혀 모르는 사람처럼 주의 깊게 카드를 바라보고, 거기에서 암시와 연상을 이끌어 내고, 그것을 상상의 도상론(圖像論)에 따라 해석하는 일에 몰두했다.

나는 마르세유 카드로 시작했고, 이어지는 장면처럼 보이도록 카드들을 배치해 보았다. 우연히 늘어선 카드들이 의미를 담은 어떤 이야기를 제공했을 때 나는 그것을 글로 쓰기 시작했다. 그렇게 모은 자료는 상당히 많았다. 「교차된 운명의 선술집」의 이야기 대부분은 그런 단계에서 쓴 것이다. 하지만 다양한 이야기를 동시에 함축하고 명령할 수 있는 순서로 카드를 배치할 수는 없었다. 나는 계속해서 게임의 규칙, 일반적 구조, 서사적 해결책을 바꾸어 보았다.

그러다가 포기하려고 했을 때 출판인 프랑코 마리아 리치가 비스콘티 카드의 책을 위해 글을 써 달라고 부탁해 왔다. 처음에는 이미 써 놓은 글을 활용할 생각이었다. 하지만 15세기 세밀화의 세계와 대중적인 마르세유 인쇄물의 세계는 완전히 다르다는 것을 곧 깨달았다. 일부 아르카눔이 다르게 그려져 있기 때문에('힘'은 남자였고, '전차'에는 여자가 타고 있었고, '별'은 벌거벗지 않고 옷을 입고 있었다.) 그에 해당하는 서사적 상황을 근본적으로 바꾸어야 했다. 그 그림들이 다른 감수성과 다른 언어를 가진 완전히 상이한 사회를 전제로 했기 때문이다. 내가 자연스럽게 떠올리게 된 문학 작품은『광란의 오를란도』였다. 보니파초 벰보의 세밀화는 루도비코 아리오스토의 서사시보다 거의 1세기 전에 그려졌지만, 아리오스토의 환상이 형성된 시각적 세계를 재현하기에는 충분했다. 곧바로 나는 비스콘티 카드를 갖고 『광란의 오를란도』에서 영감을 받은 시퀀스를 구성해 보았다. 그런 식으로 나는 내 '마법의 사각형'에서 교차되는 이야기의 주요 뼈대를 쉽게 세울 수 있었다. 그런 다음에는 그 주위에서 자기들끼리 교차하는 다른 이야기들이 형태를 갖추도록 놔두면 되었다. 그리하여 나는 글자가 아니라 그림으로 이루어진 일종의 십자낱말풀이를 얻었는데, 거기에서는 모든 시퀀스를 양방향으로 읽을 수 있었다. 불과 일주일 만에「교차된 운명의 성」(이제 더 이상「선술집」이 아니라)이 원래 의도한 대로 그 호화로운 판본으로 출판될 준비를 마쳤다.

그렇게 옷을 입은「교차된 운명의 성」은 몇몇 천재적인 비평가와 작가 들의 공감을 얻었고, 마리아 코르티(헤이그에서 출판되는 잡지 《세미오티카(Semiotica)》)와 제라르 주노《크리티크(Critique)》303-304호, 1972년 8~9월) 같은 학자들이 국제적인 전문 학회지에서 과학적인 엄밀함과 함께 분석했고, 존 바스 같은 미국 작가는 버팔로 대학의 강의에서 이 텍스트에 대해 언급했다. 그런 호평에 힘입어 나는 내 텍스트를 예술 서적의 컬러 도판과는 별개로, 다른 책처럼 일반적인 모습으로 다시 출판하고자 했다.

하지만 그 전에 먼저 「교차된 운명의 선술집」을 완성하여 「교차된 운명의 성」 옆에 배치하고 싶었다. 왜냐하면 대중적인 마르세유 카드가 흑백으로 재생하기 더 쉬울 뿐만 아니라, 「교차된 운명의 성」에서 발전시킬 수 없었던 서사적 암시가 더 풍부했기 때문이다. 무엇보다 먼저 나는 비스콘티 카드로 조합했던 것과 똑같은 종류의 교차된 이야기들의 '그릇'을 마르세유 카드로도 만들어야 했다. 하지만 그 작업에는 성공하지 못했다. 나는 카드들이 맨 처음 나에게 제공한 일부 이야기, 그러니까 내가 특정한 의미를 부여했고 심지어 이미 상당히 많은 부분을 써 놓은 이야기에서 출발하고 싶었다. 그런데 그 이야기들을 하나의 통일적인 도식 안에 집어넣을 수가 없었다. 깊이 연구할수록 이야기는 자꾸만 복잡해졌고, 점점 더 많은 카드를 그 주위로 끌어왔으며, 또한 내가 포기하고 싶지 않은 다른 이야기와 그 카드를 차지하기 위해 경쟁했다. 그렇게 나는 내 퍼즐을 해체하고 재구성하느라 며칠을 보냈고, 새로운 게임 규칙을 생각해 보고, 사각형, 마름모꼴, 별 모양으로 수많은 도식을 세워 보았다. 하지만 언제나 본질적인 카드들이 밖에 남아 있거나, 불필요한 카드들이 한가운데 들어가거나, 도식이 너무 복잡해지거나 해서(때로는 3차원이 되기도 했고, 입체형이나 다면체가 되기도 했다.) 나 자신도 그 안에서 길을 잃을 지경이었다.

막다른 골목에서 빠져나오기 위해 나는 도식을 버려 두었고, 이미 고유 형태를 갖춘 이야기가 다른 이야기의 그물 안에서 제자리를 찾았는지, 아니면 찾지 못했는지 신경 쓰지 않고 다시 쓰기 시작했다. 하지만 나는 그 게임이 어떤 확고한 규칙에 따라 부여될 경우에만 고유한 의미를 갖는다고 느꼈다. 각 이야기가 다른 이야기 속으로 끼어드는 것을 통제할 수 있는 일반적인 구성의 뼈대가 필요했다. 그게 없이는 모든 것이 허사로 돌아갈 판이었다. 게다가 카드를 시각적으로 늘어놓을 수 있다고 해서 글로 쓸 때도 좋은 결과물이 만들어지는 것은 아니었다. 막상 글로 쓰면 어떤 충격도 주지 않는 이야기도 있었고, 텍스트의 긴장감을 낮추기 때문에 삭제해야 할 이야기도 있었다. 반면 어떤 이야기는 시험을 통과했고 곧바로 글로 쓴 낱말의 응집력을 얻었으며, 그런 낱말은 일단 한 번 쓰면 더 이상 움직일 방도가 없었다. 그리하여 내가 새로 쓴 텍스트에 맞춰 카드를 다시 배치하기 시작했을 때, 고려해야 할 속박과 배제 요소는 더욱 늘어만 갔다.

그림 배치와 이야기하기 작업에서 나타난 그런 어려움에다 문체 구성의 어려움이 추가되었다. 「교차된 운명의 성」과 함께 배치될 경우 「교차된 운명의 선술집」은 단지 두 텍스트의 언어가 바로 르네상스 시대의 섬세한 세밀화와 마르세유 카드의 조잡한 판화 사이에 나타나는 형상적 스타일의 차이를 재현할 경우에만 의미를 가질 수 있다는 것을 고려해야 했다. 그래서 나는 몽유병자의 중얼거림과 같은 수준에 이를 정도로 언어적 재료를 낮추려고 생각했다. 하지만 참조된 문학 작품이 껍질처럼 들러붙은 글들을 그런 코드에 따라 다시 쓰려고 시도하자, 그 참조된 작품들이 저항하고 가로막았다.

지난 몇 년 동안 나는 다소 길거나 짧은 간격을 두고 여러 차례 그 미궁 속으로 빠져들었고 곧바로 완전히 길을 잃어버리곤 했다. 내가 미쳐 가고 있었던 것일까? 아무 탈 없이 조작하도록 허용하지 않는 그 신비로운 그림들의 사악한 영향 때문일까? 아니면 그 모든 조합 작업에서 풀려나오는 엄청난 숫자의 현기증 때문일까? 불현듯 나는 포기하기로 결정했다. 나는 모든 것을 그 자리에 버려 두었고, 다른 일에 몰두했다. 함축된 가능성만을 탐색해 보았던 작업, 단지 이론적 가설로서만 의미가 있는 작업에 또다시 시간을 낭비하는 것은 어리석은 짓 같았다.

그것에 대해 생각하지 않은 채 몇 달, 그리고 아마 일 년 정도가 지났을 때였다. 갑자기 다른 방법으로, 더 간단하고, 더 빠르고, 확실하게 성공할 수 있는 방법으로 다시 시도해 볼 수 있겠다는 생각이 번개처럼 머릿속에 떠올랐다. 나는 도식을 다시 구성하고 수정하고 복잡하게 만들기 시작했다. 그리고 그 움직이는 모래밭 속으로 다시 빠져들었고, 편집증적 집착에 파묻혔다. 어느 날 밤에는 자다 말고 달려가서 결정적인 수정을 가했고, 그것이 나중에는 끝없는 수정으로 이어지기도 했다. 또 어느 날 밤에는 완벽한 공식을 찾았다고 안도하며 잠자리에 들었다가, 아침에 일어나자마자 찢어 버리기도 했다.

지금 마침내 빛을 본 이 「교차된 운명의 선술집」은 그런 힘겨운 작업의 산물이다. 내가 「교차된 운명의 선술집」의 일반적 도식으로 제시하는 78장 카드의 사각형은 「교차된 운명의 성」의 사각형처럼 엄격하지 않다. '이야기꾼들'은 직선으로 나아가지도 않고 어떤 규칙적인 노정을 따르지도 않는다. 모든 이야기들에서 반복되어 나타나는 카드도 있고, 한 이야기에서 여러 번 나오는 카드도 있다. 그와 마찬가지로 글로 쓴 이 텍스트는 도상론적 해석, 기질적인 성격, 이데올로기적 의도, 문체적 설정의 계속적인 누적을 통해 조금씩 쌓인 재료들의 기록이라고 할 수 있다. 내가 「교차된 운명의 선술집」을 출판하려고 결정한 것은 무엇보다도 거기에서 해방되기 위해서이다. 교정본을 손에 들고 있는 지금도 나는 계속해서 손을 대고 뜯어고치고 다시 쓰고 있다. 아마도 책으로 인쇄된 후에야 완전하게 벗어날 수 있을 것 같다. 아니, 그러기를 희망한다.

덧붙이자면, 한때 나는 이 책에 두 개의 텍스트가 아니라 세 개의 텍스트를 포함시키려고 했다. 그러기 위해서는 두 개의 타로 카드와는 완전히 다른 세 번째 타로 카드를 찾아야 했을까? 이야기를 일정한 범위 안에서만 전개되도록 강요하는 그 중세와 르네상스 도상 목록을 너무 오랫동안 뒤적거리다 보니 문득 지겹다는 느낌이 밀려왔다. 현대의 시각 재료로 비슷한 작업을 반복함으로써 급격한 대조를 보여 주고 싶다는 생각이 들었다. 하지만 이 시대에 타로 카드만큼 집단 무의식을 잘 재현해 주는 게 무엇일까?

나는 만화를 떠올렸다. 희극 만화가 아니라, 극적이고 모험적이고 두려움을 주는 만화, 갱, 공포에 질린 여자, 우주 비행사, 뱀파이어, 우주 전쟁, 미친 과학자가 등장하는 만화 말이다. 「교차된 운명의 선술집」과 「교차된 운명의 성」 옆에 비슷한 형식의 「교차된 운명의 모텔」을 배치하면 어떨까 하는 생각이 들었다. 알 수 없는 재난에서 살아남은 몇몇 사람들이 반쯤 파괴된 어느 모텔에서 피난처를 발견한다. 모텔에는 타다 남은 신문 한 장만 남아 있는데, 바로 만화 페이지이다. 생존자들은 공포로 말하는 능력을 상실했고, 그래서 만화 컷을 가리키면서 자기 이야기를 한다. 하지만 행과 열의 순서를 따르지 않고, 수직이나 대각선으로 행과 열을 건너뛰면서 이야기한다. 그러나 나는 방금 설명한 아이디어 이상으로는 더 나아가지 못했다. 그런 유형의 실험을 하기에는 나의 이론적, 표현적 관심이 너무 고갈되어 있었다. 모든 관점에서 볼 때 이제는 다른 것으로 넘어가야 할 시간이다.

1973년

이탈로 칼비노

작품 해설

이탈로 칼비노의 문학은 온갖 환상의 무대가 펼쳐지는 곳이다. 그의 작품은 대부분 색다른 세계에서 펼쳐지는 기발하고 환상적인 이야기로 독자들의 흥미를 자극한다. 특히 『교차된 운명의 성』은 작가의 실험 정신이 가장 돋보이는 작품 중 하나이다. 이 작품의 집필 동기와 과정에 대해서는 칼비노 자신이 일종의 저자 후기에 해당하는 '메모'에서 비교적 상세하게 밝히고 있다. 간략하게 요약하자면 기호학자들의 연구와 작업에서 이 실험적 소설의 아이디어를 얻었다는 것이다.

가장 두드러진 특징은 언어 대신 타로 카드의 그림을 이야기 수단으로 활용한다는 점이다. 타로 카드는 게임이나 점술에 사용되는데, 우리나라 젊은이들 사이에서도 주로 점술을 목적으로 상당히 관심을 받고 있다.

타로 카드의 기원은 분명하게 알려져 있지 않다. 다만 원래 동양에서 만들어진 게임 카드가 14세기에 유럽으로 전해진 것으로 추정되며, 15세기 초에 이탈리아 북부 지방에서 타로 카드의 원형이 처음 만들어진 것으로 알려져 있을 뿐이다. 그리고 지금까지 거의 온전한 상태로 남아 있는 것 중 가장 오래된 타로 카드가 바로 이 책에 나오는 '비스콘티 카드'이다.

타로 카드는 모두 78장으로 구성되어 있는데, 칼비노는 각 카드의 그림이 커뮤니케이션 수단으로 이용될 수 있는지 그 가능성을 실험해 보려고 한다. 말하자면 각각의 카드를 고유한 의미를 가진 기호로 간주하고, 여러 장의 카드를 순차적으로 늘어놓음으로써 거기에서 하나의 일관되고 통일성 있는 이야기를 이끌어 내려고 시도한 것이다.

이 작품에는 타로 카드 두 벌이 동원된다. 하나는 15세기 중엽 르네상스 시대의 이탈리아 화가 보니파초 벰보가 밀라노의 비스콘티 공작 가문을 위해 세밀화로 제작한 '비스콘티 카드'이고, 다른 하나는 소위 '마르세유의 옛날 타로 카드'로 원래 1761년 마르세유에서 인쇄되었던 것을 1930년 프랑스의 그리모 출판사에서 다시 인쇄하여 제작한 것이다. 이 카드는 대량 생산을 위해 인쇄됐기 때문인지, 세밀화로 섬세하게 그려 채색한 비스콘티 카드에 비해 상당히 거칠고 조악해 보인다. 어쨌든 두 벌의 카드를 활용하기 때문에 소설도 두 부분으로 나뉜다. 하나는 작품의 제목인 「교차된 운명의 성」이고 다른 하나는 「교차된 운명의 선술집」이다.

타로 카드를 일종의 시각 기호로 활용하여 이야기를 진행하기 위해서는 특별한 상황 설정이 요구된다. 작품의 배경은 환상적이면서 모험적인 이야기가 다채롭게 펼쳐지는 중세 유럽의 숲 속이다. 숲 속에 자리하고 있는 어느 '성'과 '선술집'에 밤이 되자 제후와 귀족, 귀부인, 모험을 찾는 방랑 기사, 연금술사 등 다양하고 개성 있는 여행자들이 밤을 보내기 위해 모여든다. 그런데 마치 마법에 걸린 것처럼 그들은 모두 말을 할 수 없다. 다른 것은 모두 그대로인데, 벙어리가 된 것처럼 말만 할 수 없게 된 것이다. 그런 상태에서 밤을 보내기 위해 우연히 만난 사람들은 한 벌의 타로 카드를 활용하여 자신의 모험을 다른 사람들에게 이야기한다. 그러니까 각 등장인물은 78장의 다양한 그림이 그려진 타로 카드에서 적당한 그림을 골라 한 장씩 늘어놓으면서 자신의 모험 이야기를 동료 여행자들에게 '보여 주는' 것이다. 먼저 사람의 형상이 그려진 카드로 자신의 신분이나 직업, 출신 등을 밝히고, 이어서 자기 이야기에 부합된다고 생각하는 카드들을 순차적으로 늘어놓음으로써 사건의 경과를 전달한다. 간단히 말해 언어가 아니라 타로 카드로 이야기를 하는 것이며, 카드 그림들은 일종의 커뮤니케이션 수단, 즉 기호로 기능한다.

하지만 각각의 등장인물이 이야기꾼으로서 타로 카드의 그림들로 보여 주는 이야기들은 독자에게 그대로 전달되지 않는다. 언어의 매개를 거쳐야 하기 때문이다. 그리고 여기에서 작품의 서술자(narrator) 또는 화자가 개입한다. 그는 각 등장인물-이야기꾼이 그림으로 보여 주는 모험 이야기를 나름대로 해석하여 언어로 독자에게 전해 준다. 작품의 상황 설정에 의하면 서술자도 역시 숲 속의 성과 선술집에서 밤을 보내게 된 여행자이며 따라서 그의 이야기도 함께 들어 있다.

텍스트상에서는 서술자나 다른 등장인물들이 배열된 카드를 보고 이해한 내용을 언어로 기록하고, 그 주변에 해당 카드를 순서대로 배치하며, 각 이야기가 끝날 때마다 이야기에 사용된 카드를 종합적으로 보여 준다. 한 벌의 카드에서 탄생한 이야기는 주변적 이야기를 제외하면 각각 열두 편이다. 끝부분에서 그 이야기들을 한꺼번에 담고 있는 총체적인 도식을 보여 주는데, 그것은 78장의 카드 전체로 구성되어 있다. 그러니까 도식 하나에 모두 열두 편의 이야기가 들어 있는데, 각 이야기는 도식의 상하좌우 끝에 있는 카드에서 시작하여 양방향으로 교차되면서 전개된다. 왼쪽에서 오른쪽으로 또는 오른쪽으로 왼쪽으로 읽을 수도 있고, 위에서 아래로 또는 아래에서 위로 읽을 수도 있다. 간단히 말해 아주 복잡하게 '교차된 이야기들'의 도식이다.

하지만 카드들이 그렇게 통일된 도식으로 배치된 것은 「교차된 운명의 성」에만 해당된다. 「교차된 운명의 선술집」도 비슷한 방식으로 모두 열두 편의 이야기를 보여 주지만, 각 이야기의 끝에 종합적인 카드들의 배치도가 없다. 후반부에 총체적인 배치도를 보여 주지만 체계적이거나 통일돼 있지는 않다. 각 이야기에 사용된 카드가 질서 정연하게 순차적으로 배치된 것이 아니라, 여기저기 건너뛰면서 사방에 흩어져 있기 때문에 해당 카드를 찾다 보면, 마치 미로 속을 헤매는 듯한 느낌이 든다. 대중적인 마르세유 카드의 암시성이 훨씬 풍부하여, 더 다양하고 복합적인 이야기들을 탄생시켰기 때문이라고 한다. 그런 이유 때문인지 「교차된 운명의 선술집」은 「교차된 운명의 성」보다 훨씬 분량이 많다.

물론 「교차된 운명의 성」도 완벽하게 체계를 갖춘 것은 아니다. 예를 들어 각 이야기에서 사용되는 카드의 숫자는 일정하지 않으며, 따라서 종합적인 배치도에서 일부 카드는 건너뛰면서 읽어야 한다. 또한 마지막 「다른 모든 이야기」에 나오는 여섯 편의 이야기에 사용되는 카드도 여기저기에 흩어져 있다. 하지만 그런 한계에도 불구하고 타로 카드 한 벌의 기하학적인 배치를 토대로 열두 편의 이야기를 엮어 낸다는 것은 감탄스러운 일이다.

이렇게 탄생한 작품에서는 언어와 시각적 이미지가 하나로 어우러져 통일된 텍스트를 형성하고 있으며, 각 페이지에는 언어로 쓴 글 주위에 타로 카드들이 순서대로 배치되어 있다. 배치된 카드는 각 등장인물이 '보여 주는' 이야기이며, 언어 텍스트는 서술자의 해석을 글로 적어 놓은 것이다. 바꾸어 말하면 배치된 카드에 대한 해석은 서술자의 해석과 다를 수도 있다. 이런 상호 관계 속에서 타로 카드와 언어 기호가 함께 이야기를 이끌어 가는데, 발생론적으로 보자면 서술자의 해석은 이차적인 것이다.

반면 독자의 입장에서는 대부분 서술자가 해석한 언어 텍스트를 먼저 읽고 주위에 함께 제시된 카드 그림을 참조하고 대조하게 된다. 그럴 경우 언어 텍스트가 이야기를 주도적으로 이끌고, 타로 카드가 시각 기호로서 보조적인 역할을 하는 것처럼 보인다. 하지만 카드 그림을 간과하면서 읽을 수는 없다. 언어 텍스트 그 자체만으로는 충분히 이해될 수 없는 부분들이 많고, 거의 매순간마다 그림을 참조하면서 읽어야 하기 때문이다. 물론 중요한 것은 두 가지 서로 다른 기호 체계가 상호 보완적이고 의존적인 관계 속에서 하나의 독창적인 텍스트를 형성하고 있다는 사실이다.

어쨌든 만약 언어 텍스트가 주도적인 역할을 하고, 타로 카드가 보조적인 역할을 한다고 본다면, 타로 카드는 일종의 일러스트레이션 또는 삽화, 말하자면 언어 텍스트를 시각적으로 표현하는 것처럼 보일 수 있다. 하지만 이 작품에서 카드는 일러스트레이션과는 본질적으로 다르다. 대부분의 일러스트레이션은 이미 언어 기호로 완성된 이야기를 시각 예술가가 읽고 나서 그 내용을 시각적으로 표현하는 것이며, 많은 경우 언어 텍스트에 부수적으로 삽입된 것처럼 보인다.

그런데 이 작품에서 타로 카드는 전혀 다른 기능을 한다. 무엇보다 카드 그림은 처음부터 텍스트의 핵심적인 구성 요소이자 이야기의 주체이며, 따라서 언어 텍스트만을 독립적으로 분리시킬 수 없다. 타로 카드는 본질적인 서사 도구이자 일종의 독자적인 커뮤니케이션 기호로 활용된다. 물론 타로 카드의 본질적 기능, 예를 들면 게임이나 점술 같은 일반적인 기능에서 벗어나 작가가 임의로 활용하기 때문에 체계적인 기호라고 단정하기는 어렵다. 그래도 타로 카드를 이야기의 수단으로 사용할 수 있을 것이라는 아이디어는 칼비노의 실험 정신을 분명하게 보여 준다.

따라서 이 책은 언어 텍스트와 함께 주변에 늘어선 카드 그림을 끊임없이 참조하면서 읽어야 한다. 카드를 무시하고 언어 텍스트만 읽을 경우 이야기의 맥락을 따라가기 어렵거나 '텍스트의 즐거움'을 충분하게 향유하지 못할 수도 있다. 글을 읽는 작업과 그림을 보는 작업이 조화롭게 함께 이루어져야 한다. 사실 이 소설은 독자의 능동적인 '협력'을 요구하기도 한다.

그리고 그런 협력을 위해서는 작품에서 직접적으로나 간접적으로 인용되는 각종 백과사전적 지식을 알고 있어야 한다. 가장 대표적인 것이 루도비코 아리오스토의 방대한 서사시 『광란의 오를란도』이다. 오를란도와 아스톨포의 이야기는 바로 거기에서 이끌어 낸 것이며, 아리오스토의 영향은 다른 여러 곳에서도 느낄 수 있다. 그 외에도 작품 전반에 걸쳐 여러 작가와 작품, 신화와 전설 속의 인물과 사건 들이 어지러울 정도로 복잡하게 연결되어 나타난다. 파우스트 박사와 메피스토펠레스 이야기, 프로이트, 사드 후작과 그의 작품에 나오는 쥘리에트와 쥐스틴 자매, 오이디푸스 왕과 헬레네를 비롯한 고전 신화 이야기, 뱀파이어 전설, 기사 문학의 등장인물과 일화, 파르지팔과 성배 탐색 이야기, 성 히에로니무스와 성 아우구스티누스, 성 게오르기우스에 얽힌 전설적인 일화, 뒤러와 렘브란트 등 여러 화가의 작품, T. S. 엘리엇의 시, 셰익스피어의 『햄릿』, 『맥베스』, 『리어 왕』에 대한 언급이 서로 뒤엉켜 있다가 예기치 않은 순간에 불쑥 튀어나오기도 한다.

그리하여 별로 길지 않은 텍스트 안에서 수없이 많은 이야기와 인물이 한꺼번에 등장하면서 아주 빽빽한 상호 텍스트성(intertextuality)의 그물을 엮어 내고 있다. 그렇기 때문에 진정한 읽기의 즐거움을 누리려면 인용되는 작품과 인물, 사건에 대해 최소한의 지식을 갖추고 있어야 한다. 이런 것에 대해 많이 알수록 공감의 폭이 넓어지고 읽기의 즐거움도 커질 것이다. 또한 그것은 단순한 인용이나 언급에서 그치지 않는다. 인용되는 여러 이야기에 대해 독창적이고 기발한 해석이 덧붙여지는데 그것은 독자의 흥미를 유발하는 색다른 장치로서 기능한다.

칼비노의 기발한 착상과 실험 정신은 여기에서 멈추지 않는다. 그는 타로 카드 대신 미술관의 그림으로도 그와 비슷하게 이야기를 엮어 낼 수 있다고 주장하며, 실제로 여러 화가의 그림을 인용한다. 그리고 작가 자신의 모습과 대비되는 성 히에로니무스와 성 아우구스티누스를 주제로 한 그림들에 대해 길게 이야기하다가, 드래곤을 죽이는 성 게오르기우스의 그림들에 대한 이야기로 넘어간다. 상당히 장황해 보이는 이 부분은 마치 특정 주제의 그림들에 대한 독창적인 해석이나 해설처럼 보이기도 하며, 따라서 해당 작품을 찾아 감상하면서 읽는다면 색다른 즐거움을 얻을 수 있을 것이다.

게다가 칼비노는 타로 카드 대신 만화의 그림을 이야기의 수단으로 사용할 생각도 했다고 한다. 가칭 「교차된 운명의 모텔」이라는 일종의 미래 버전을 덧붙이려고 생각했는데, 엄청난 재난에서 살아남은 몇몇 사람이 어느 모텔에서 만화의 그림으로 이야기한다는 상황 설정이다. 구체적으로 실현되지는 않았지만 상당히 흥미로운 아이디어인 것은 분명하다.

이 모든 것은 작가로서 글쓰기 행위 자체에 대한 비판적 성찰과 연결되어 있다. 그것은 주로 서술자의 관찰을 통해 제시되는데 그는 바로 작가 칼비노의 분신이다. 글쓰기에 대한 성찰은 상당히 암시적이고 관념적이며 따라잡기 어려운 표현 속에서도 칼비노의 치열한 작가 정신을 단적으로 보여 준다. 그렇기 때문에 이 작품은 중세를 배경으로 하고 있지만 새로운 글쓰기와 창작 방식을 실험한다는 점에서 미래 지향적이다. 그리고 그 기발한 환상의 공간처럼 무한하게 열려 있다.

번역은 1973년 에이나우디 출판사에서 나온 초판을 저본으로 삼았으며, 윌리엄 위버(William Weaver)의 영어 번역본(*The Castle of Crossed Destinies*, London, Vintage Books, 1977)도 참조했다. 번역 과정에서 부딪힌 어려움 중 하나는 타로 카드의 이름에 맞는 적절한 우리말 번역어를 찾는 것이었다. 가령 맥락을 고려하여 마이너 아르카나의 네 가지 상징을 각각 '성배', '동전', '검', '막대기'로 옮겼는데 아주 만족스럽지는 않다. 또한 메이저 아르카눔의 경우에도 각 나라 또는 지방에 따라 다른 이름으로 부르기 때문에 선택을 해야 했다. 예를 들어 제0번 또는 제22번 아르카눔은 이탈리아어로 Il Matto('미치광이'를 뜻한다.), 프랑스어로는 Le Fou, 영어로는 The Fool이며, 우리나라에서는 대개 '광대'로 번역한다. 그렇게 서로 다른 이름은 당연히 개념의 혼란을 초래할 수밖에 없다. '미치광이'와 '바보', '광대' 사이에는 적잖은 개념의 차이가 있고 결과적으로 서로 다른 뉘앙스와 분위기를 풍길 수밖에 없다. 어쨌든 번역에서 미흡한 점이 있다면 전적으로 번역자의 부족함에서 비롯된 것이지만, 칼비노의 무한한 상상력이 펼치는 세계를 구경하는 데 방해가 되지 않기를 바란다.

2014년 6월

김운찬

작가 연보

1923년 10월 15일 쿠바의 산티아고데라스베가스에서 출생. 아버지 마리오 칼비노는 이탈리아 북부 산레모의 유서 깊은 가문 출신 농학자로 멕시코에서 이십 년을 보낸 뒤 쿠바에서 농학 연구소와 농업 학교를 맡아 운영. 어머니 에벨리나 마멜리는 사사리 출신으로 자연과학부를 졸업한 뒤 파비아 대학교에서 식물학 조교로 재직.

1925년 가족 모두 고향인 산레모로 돌아옴. 아버지가 화훼 연구소인 '오라치오 라이몬도'의 소장이 됨. 은행 도산으로 연구 자금을 잃은 뒤 활동을 계속하기 위해 자신의 저택 '라 메리디아나'의 정원을 사용. 이 연구 활동을 통해 수많은 화초를 산레모에 소개.

1927년 동생 플로리아노 출생. 플로리아노는 후에 집안의 과학적 전통을 따라 지질학자가 됨. 칼비노는 부모의 뜻대로 종교 교육을 전혀 받지 않고 자라남. 카시니 중고등학교 시절부터 시를 쓰고 풍자적인 그림과 자화상을 그리기 시작. 학창 시절 칼비노는 까다로운 편이었지만 친구들 사이에서 논쟁이

벌어질 때마다 재미있는 해석을 곁들이며 논쟁에 끼어듦.

1941년 토리노 대학교 농학부에 입학. 단편 몇 편을 쓰지만 출판되지는 않음. 발표되지 않은 단편 가운데 네 편(「가치에 대한 논의들」, 「행복한 사람」, 「자신을 믿지 않는 게 좋다」, 「노새를 탄 재판관」)은 칼비노 사후 1주기 때 고등학교 동창 에우제니오 스칼파리가 일간지 《라 레푸블리카》에 발표.

1943년 무솔리니가 이끄는 이탈리아 사회 공화국 군대에 징집되지 않으려고 동생과 함께 알프스로 피신. 그 후 공산주의자 부대 '가리발디'의 제2공격대에 자원.(『거미집으로 가는 오솔길』, 『까마귀는 마지막에 온다』라는 유격대 소설에서 이때의 경험을 찾아볼 수 있음. 특히 「피와 똑같은 것」은 독일군에게 인질로 잡힌 어머니 이야기를 다룸.)

1945년 해방 후 《우리들의 투쟁》, 《민주주의의 목소리》, 《일 가리발디노》에서 저널리스트로 활동. 이탈리아 공산당에 가입해 산레모와 토리노에서 당원으로 활동. 9월 토리노 대학교 문학부에 재등록. 《폴리테크니코》, 《아레투사》, 《루니타》에 기고. 에이나우디 출판사 편집부에 근무하던 파베세, 비토리니, 펠리체 발보 등과 교제. 「지뢰밭」으로 '루니타' 상 수상.

1947년 조셉 콘래드에 관한 논문으로 졸업. 몬다도리 출판사의 공모에 참가하기 위해 썼던 『거미집으로 가는 오솔길(Il sentiero dei nidi di ragno)』 출간. '리치오네' 상 수상.

1948년 다음 해까지 에이나우디 출판사 재직. 공산당 일간지 《루니타》의 편집자가 됨. 공산당원이자 저널리스트로 활동.

1949년 『까마귀는 마지막에 온다(Ultimo viene il corvo)』 출간.

1951년 파베세의 책『미국 문학과 논문들』의 서문 집필. 아버지 사망. 어머니가 화훼 연구소의 책임을 맡아 1959년까지 운영.

1952년 비토리니가 첫 소설의 '리얼리즘적-사회 참여적-피카레스크적' 노선을 계속하기보다는 동화 작가의 영감을 따르라고 충고.『반쪼가리 자작(Il visconte dimezzato)』출간. 소련 여행. 바사니가 주관하는 잡지《보테게 오스쿠레》에 「은빛 개미」 발표.《루니타》에 「마르코발도」 연재 시작.

1954년 『참전(L'entrata in guerra)』출간. 좌익 지식인들이 주관하는 《치타 아페르타》에 기고 시작.

1956년 이탈리아 각 지방에 전해 내려오는 이야기를 모아『이탈리아 민담(Fiabe italiane)』출간.

1957년 《치타 아페르타》에 「나무 위의 남작」 발표.《보테게 오스쿠레》에 「건축 투기」 발표. 8월 공산당을 탈퇴하고 신좌익 사회주의자들과의 논쟁에 참여.
      1950년 1월부터 1951년 7월에 걸쳐 써 놓았던 「포 강의 젊은 이들」을 1957년 1월부터 1958년 3월에 걸쳐 《오피치나》에 연재.

1958년 「스모그 구름」 발표.『단편들(I racconti)』출판. 세르지오 리베로비치의 곡에 '독수리는 어디로 날아가는가'라는 제목의 가사를 붙임.

1959년 『존재하지 않는 기사(Il cavaliere inesistente)』출간. 「다리 저편에」, 「세상의 주인」이라는 칸초네 작사. 루치아노 베리오의 음악을 위해 희극 「자 어서」 집필.
      1960년까지 미국과 소련 여행. 두 나라의 지리적, 역사적 중

요성을 강조하면서 문화를 비교하는 글을《루니타》에 기고. '우리의 선조들(I nostri antenati)' 3부작 출간.

1967년까지 비토리니와 함께《일 메나보 디 레테라투라》발행. 이 잡지에 「객관성의 바다」(1959), 「미궁에의 도전」(1962), 「노동자의 안티테제」(1967) 발표.

1963년 세르지오 토파노의 그림을 넣어『마르코발도 혹은 도시의 사계절(Marcovaldo; ovvero, le stagioni in città)』출간. 프랑스에서 체류. 『어느 선거 참관인의 하루(La giornata d'uno scrutatore)』출간.

1964년 '키키타'라는 애칭으로 불리는 통역사이자 번역가인 에스터 싱어와 결혼하여 파리에 정착. 프랑스 아방가르드 예술가들과 교류하고 과학과 문학 사이의 가설에 관한 자신의 이론을 그들의 이론과 비교해 봄.《카페》에『우주 만화(Le cosmicomiche)』중 네 편 발표.

1965년 딸 아비가일 탄생. 「우주 만화」와 함께 「스모그 구름」, 「은빛 개미」를 단행본으로 출간.

1967년 레몽 크노의『푸른 꽃』번역 출간.

1968년 밀라노 출판 클럽에서『세상에 대한 기억과 우주 만화적인 다른 이야기들(La memoria del mondo e altre storie cosmicomiche)』출간.《누오바 코렌테》에 논문 「조합 과정으로서의 소설에 대한 메모들」발표.

1969년 『교차된 운명의 성(Il castello dei destini incrociati)』출간.

1970년 『힘겨운 사랑(Gli amori difficili)』출간. 「이탈로 칼비노가 들려주는 루도비코 아리오스토의 광란의 오를란도」집필. 그림 형제의『동화들』소개.

1971년 란차의 『시칠리아의 무언극들』 소개. 샤를 푸리에의 『네 가
지 운동 이론』, 『새로운 사랑의 세계』 번역.

1972년 『보이지 않는 도시들(Le città invisibili)』 출판.《카페》에 「흡혈
귀의 왕국」 발표.

1973년 『교차된 운명의 성』 재출간.(결론 부분을 수정하고 「교차된 운
명의 선술집」 수록.) 『보이지 않는 도시들』로 '펠트리넬리' 상
수상.

1974년 「게 왕자와 다른 이탈리아 민담들」 발표. 영화감독 페데리
코 펠리니를 위해 『한 관객의 자서전(Autobiog rafia di uno
spettatore)』 집필. 잠바티스타 바실레를 위해 논문 「메타포의
지도」 집필.

1975년 일간지《코리에레 델라 세라》에 「팔로마르」를 발표하기 시
작. 「피에르 파올로 파솔리니에게 보내는 마지막 편지」를 같
은 신문에 발표.

1976년 독일 '슈타트프라이스' 수상.

1978년 스피나촐라가 편집하는《푸블리코 1978》에 「1978년과 문
학, 네 작가에게 보내는 다섯 가지 질문」 발표.

1979년 『어느 겨울밤 한 여행자가(Se una notte d'inverno un viaggiatore)』
출간. 여러 신문에 여행기 기고. 「나도 한때 스탈린주의자였
나?」라는 글을《라 레푸블리카》에 기고하기 시작.

1980년 가족과 함께 파리에서 로마로 이주. 칼비노는 이전부터 에
이나우디 로마 지사의 자문 역할을 해 왔음.

1981년 어린이를 위한 『숲-뿌리-미궁』 집필. 프랑스의 레지옹 도뇌
르 훈장 받음.

1982년 베리오와 함께 2막으로 된 오페라 「진실된 이야기」를 라 스
칼라 극장에 올림.

1983년 『팔로마르(Palomar)』 출간. 「오디세이 속의 오디세우스들」,
「나일 강을 거슬러 올라가다」, 「신화, 동화, 알레고리」 발표.

1984년 가르찬티 출판사로 옮겨 『모래 선집(Collezione di sabbia)』 출
간. 베리오와 함께 「이야기를 듣는 왕」을 잘츠부르크에서 공
연. 피렌체에서 '현실의 차원들'이라는 주제로 열린 세미나
에서 「문학과 다양한 차원의 현실들」 발표.

1985년 카스틸리오네델페스카이아에서 뇌일혈로 쓰러짐. 9월 6일
시에나의 산타마리아델라스칼라 병원에 입원. 같은 달 18일
과 19일 사이에 사망.

1988년 미완성 유고 『미국 강의(Lezioni americane)』, 『민담에 대하여
(Sulla fiaba)』 출간.

1991년 『왜 고전을 읽는가(Perché leggere i classici)』 출간.

옮긴이 **김운찬**

한국외국어대학교 이탈리아어과와 동 대학원을 졸업하고 이탈리아 볼로냐 대학교에서 움베르토 에코의 지도하에 화두(話頭)에 대한 기호학적 분석으로 박사 학위를 받았다. 현재 대구가톨릭대학교 기초교양교육원 교수로 재직 중이다. 지은 책으로 『현대 기호학과 문화 분석』, 『신곡 읽기의 즐거움 — 저승에서 이승을 바라보다』가 있고, 옮긴 책으로 단테의 『신곡』과 『향연』, 아리오스토의 『광란의 오를란도』, 에코의 『거짓말의 전략』, 『이야기 속의 독자』, 『논문 잘 쓰는 방법』, 칼비노의 『우주 만화』, 모라비아의 『로마 여행』, 파베세의 『피곤한 노동』과 『레우코와의 대화』, 과레스키의 『까칠한 가족』 등이 있다.

이탈로 칼비노 전집
07

교차된 운명의 성

1판 1쇄 찍음 2014년 6월 20일
1판 1쇄 펴냄 2014년 6월 30일

지은이 이탈로 칼비노
옮긴이 김운찬
발행인 박근섭·박상준
편집인 장은수
펴낸곳 **(주)민음사**

출판등록 1966. 5. 19. 제16-490호
주소   (135-887) 서울시 강남구 도산대로1길(신사동)
          강남출판문화센터 5층
대표전화 515-2000 | 팩시밀리 515-2007
홈페이지 www.minumsa.com

한국어 판 ⓒ **(주)민음사**, 2014. Printed in Seoul, Korea

ISBN 978-89-374-4337-4 (04880)
     978-89-374-4330-5 (세트)